AF423732

ROBERTO COMTE

EL MONTE DE LOS FRUTALES

CUENTOS

Comte, Roberto
El Monte de los Frutales / Roberto Comte; ilustrado por Géraldine
Comte - 1° Edición - Ciudad Autónoma de Buenos Aires : Roberto
Comte,
Julio 2019
136 p.; 20x13

ISBN 978-987-86-1131-0

1. Narrativa Argentina Contemporánea. 2. Cuentos. II. Título
CDD A863

A mis hijas, Estefanía y Géraldine

LA VENUS DE VICTORIA

Cavaba sin prisa y sin pausa, a un costado del terreno de su propiedad. Con mucho entusiasmo Rubén Álvarez, electricista de la zona, estaba refaccionando una casa vieja, semiderruida, que había adquirido por una bicoca en un barrio modesto de la híbrida localidad de Victoria. Por la altura interior y el tipo de aberturas, alguien supuso que habría sido una dependencia de servicio, tipo caballeriza, que quedó separada del edificio principal -una mansión seguramente ya demolida- al hacerse el loteo.

Cavaba un pozo profundo que iba a servir de pozo negro, y la tierra se volvía cada vez más dura. Como el calor, que en esa mañana ya empezaba a sofocar. Una red de cosquillas sobre el lomo le producía a Rubén la ambigüedad de caminatas de moscas o de gotas de sudor que resbalaban. Podía ser un día de pleno invierno en que las manos se hacen sabañón y el sudor se escarcha, daría igual; con el mismo tesón trabajaría Rubén. Cuanto más dura la tierra con más saña clavaba la pala. Cada palada echada por encima del hombro lo ponía más cerca del objetivo fundamental de la casita propia.

En aquel domingo de enero lo acompañaban fraternalmente su cuñado Anselmo y Victorio, hijo de Anselmo, ambos buenos albañiles. Ellos trabajaban adentro, haciendo revoques mientras escuchaban la radio. Así, empleando solamente los feriados, el laborioso trío había llegado en pocos meses a la etapa de las terminaciones.

Mientras cavaba, Rubén alternaba mentalmente entre la fantasía de la casa terminada y la planificación de su trabajo profesional. El lunes –pensaba- de la obra de calle Avellaneda iba a pasar sin falta por el almacén de Cuturi para ver si le solucionaba lo del corto. Fue en el preciso momento en que elaboró el ideograma de cortocircuito cuando la pala chocó contra algo duro.

-Otra piedra en mi camino- se dijo con poética serenidad. Clavó de punta la pala por un costado con la idea de mover la piedra haciendo palanca, pero chocó con más piedra. Probó en otros costados y en todos la pala sonó como una campana envuelta en trapo. Levantó con ella el terrón que había quedado separado a puntazos y apareció semidescubierta una forma pétrea distinta de los cascotes con que se había topado antes. Se trataba de una forma no natural. Limpió con su mano los restos de tierra que habían quedado adheridos y, a medida que deslizaba las yemas toscas de sus dedos sobre la piedra para apartar la tinta de tierra y sudor que se formaba, iban apareciendo otros dedos finos, largos, contrastantes con los de Rubén. Siguió hasta descubrir una mano completa y por debajo otra, cruzada con la primera.

El corazón le dio un vuelco pero no se asustó. Por la perfección de esas manos podría haber creído que estaba descubriendo un cadáver petrificado, y sin embargo no dudó de que se trataba de una estatua. Las manos descubiertas eran finas manos de piedra con breves lastimaduras en las muñecas, seguramente producidas por los mismos golpes de la pala. Pero no eran huesos.

Rubén siguió cavando, y por un momento en su vida paró de pensar en la casita, los cableados, los tomas y los interruptores. Sintió que su corazón no iba a recuperar el ritmo normal hasta que esa cosa no aflorase por completo. Siguió trabajando con la pala y con las manos. Con la pala sacaba los grandes terrones y con sus manos limpiaba, como acariciando. De esa manera a las finas manos sucedieron antebrazos que descansaban sobre un torso y más allá de los codos, los pliegues aplastados de las mangas de un vestido, hombros perfectos cruzados por el borde de un escote, clavículas, más abajo la impronta de una blusa, pechos menudos. Palpó la textura de la tenue tela de la blusa, adherida a los pezones como si estuviera mojada. Alrededor del cuello fino y largo, como las manos, había una gargantilla supuesta de piedras pequeñas.

-Casi un cuello de cisne- pensó burlándose de sí mismo Rubén, que no sabía de metáforas cursis. Sus manos limpiaron ese cuello sobándolo morosamente como al resto del torso, con cierto abuso. Y hasta le pareció que sus dedos al desplazarse dejaban magulladuras sobre la anatomía de piedra. De pronto, casi con desesperación, se lanzó en pos de la cabeza. Toda la tierra que había sobre ella cedió ante sus manos fuertes y ansiosas, sin necesidad de pala.

Primero fue una cara negra, indolente y chamuscada por el humus que la tapizaba. De a poco, al limpiar, se fue revelando el rostro de una mujer hermosa, pero más que hermosa, tan perfecta como escultura que fue el único momento en que Rubén se asustó. Aunque manejaba con habilidad diversas herramientas, no podía concebir alguna capaz de moldear rasgos con tal divina precisión. Los ojos parecían estar cerrados, las pestañas descansando sobre las bases de los párpados inferiores, pero según se los mirase podían pasar por ojos abiertos en los que no se distinguían iris ni pupilas, ya que todo era piedra gris amarillenta. De cualquier manera quedó fascinado por esa ambigüedad en que la mujer de la escultura podía estar entregada al sueño, o mirándolo con malicia.

Por el peinado Rubén tuvo la seguridad de que se trataba de una dama antigua: en su nuca se descubrían volutas de cabello trenzado que componían un imponente rodete. Como en fotografías de grabados antiguos, o de camafeos, que Rubén había visto tal vez en alguna revista.

Sintiéndose ya un arqueólogo y ya experto en su método combinado de pala y manos, poco le llevó desenterrar el resto. Un par de piernas longilíneas se evidenció también a través de la tela del vestido adherido a la piel. Nítidos los pliegues, trencillas y puntillas de la larga falda que sólo dejaba al descubierto los tobillos y los pies descalzos. Nuevamente se extasió Rubén ante la habilidad del escultor y lo imaginó tallando encajes y bordados a través de largos meses, tal vez.

Salió del pozo jadeando, bañado en sudor y desde arriba abarcó la estatua ahora en una visión de conjunto. De su boca salió, casi involuntariamente,

-Mierda. Es una diosa.

Tropezándose con el montículo de tierra y después con una pila de baldes, fue a buscar a su cuñado Anselmo y su sobrino Victorio para mostrarles lo que acababa de descubrir.

Entre los tres izaron la estatua y desde ese momento Rubén se volvió irritantemente cuidadoso con ese objeto.

-Ojo, ojo, aguantá un cachito. Ahora. No, no, cuidado. ¡Cuidado! A ver, aguantala ahí. Ahora. Así, suave. Despaciiito. Bueno... ¡bueno, animal!

Llegó arriba en posición vertical. Rubén no había visto muchas esculturas en su vida, pero ante proporciones tan reales quedó nuevamente atónito. La estatura era similar a la de Mirta, su esposa, y el tamaño de la cabeza y extremidades, viéndola así de pie, guardaban tan perfecta relación con el todo que a Rubén no le pareció posible. Sus colaboradores allí presentes no fueron indiferentes a la escultura. Era prácticamente la primera vez en sus vidas que se cruzaban con una. Anselmo, hombre práctico, se preguntó quién habría enterrado eso allí y si tendría algún valor. Victorio, adolescente, sintió una vaga conmoción interna anta la fidelísima reproducción de una bella señora.

Entre los tres, sintiéndose un poco violadores, en un breve e íntimo vía crucis la transportaron al interior de la construcción. La depositaron en un encuentro de dos paredes ya terminadas en la sala, apoyada sobre ellas, ya que los pies no habían sido esculpidos con el ángulo apropiado como para no caer. Así, sobre el rincón, con las manos cruzadas sobre el pecho, una suave sonrisa en los labios y los ojos cerrados -o los ojos en blanco de una ciega- parecía graciosamente sorprendida por algún atrevimiento que desataba su propia seducción.

Esa misma noche Rubén se quedó hasta tarde, solo, contemplando la cara a la luz de un farol de querosén. Como lo habría de hacer infinidad de veces, se regocijó mirando la barbilla voluntariosa, los labios finos levemente comprimidos de obstinación, la nariz delgada y recta con un filo delicadamente agresivo, las ventanas ávidas de aire, las cejas enarcadas en un difícil compromiso entre la compasión, la burla, la pasión y la entrega.

Victorio tenía por el momento solamente ese trabajo y cuando no se juntaba con sus amigos desocupados, iba durante la semana a trabajar a lo de su tío Rubén. Después del hallazgo fue tres días seguidos y sin embargo el trabajo no progresó en proporción, porque Victorio perdió mucho tiempo contemplando a la estatua. Llegó a fumarse cigarrillos enteros sin hacer otra cosa que mirarla. Pintaba media pared del dormitorio y volvía a la sala, a parársele enfrente. También la tocó. Le pasó la mano por los brazos, por los hombros, por los fríos senos que asomaban a ambos lados de las manos en cruz. Finalmente una mañana, la luz que entraba por la ventana provocó en la escultura sombras tan nítidas y excitantes que Victorio terminó por masturbarse. Mientras el contrapiso arenoso absorbía el semen, sintió que ella lo miraba maternal; una madre fascinada ante la pujanza adolescente de su varoncito.

Cuando Rubén terminó la instalación eléctrica de la casita se quedó a probarla hasta bien entrada la noche. Con luz eléctrica cayendo desde un artefacto de plafón las sombras arrojaron otro corte, que también pidió una mano que verificase. Rubén la paseó de arriba abajo y hubiera hecho la misma ofrenda que Victorio, si en su imaginación no hubiera escuchado un gemido lánguido, casi un suspiro. Que quede bien claro, en su imaginación.

El broche de oro de la pequeña obra estuvo en la instalación cloacal. Anselmo y Victorio emparejaron y apisonaron la excavación que había terminado Rubén y después construyeron encima el pozo negro que habría de alojar por años el recuerdo digestivo de la familia Álvarez.

Fueron a vivir a la casita Rubén, Mirta y Riqui, el bebé de ambos. La estatua siguió en el mismo rincón. Varias veces Mirta le dijo a Rubén que "esa mujer le daba impresión" y Rubén a Mirta, que la iba a sacar de allí cuando se decidiese dónde la iba a meter.

Pero el tiempo es un factor que a veces escapa del manejo humano, y lo que podría ser cosa de días a veces se convierte en cosa de años. Así es que pasaron años con la estatua siempre parada en la sala de estar. Mirta le pasó muchas veces el plumero y Rubén de vez en cuando la lavó con detergente, pasándole una esponja con agua tibia y disfrutando de ver las venas líquidas que iban escurriendo por sobre volúmenes y detalles de la figura. De a poco se fue puliendo, adquirió un brillo nacarado, como el de la piel muy pálida.

Los vecinos también se acostumbraron a su presencia en la salita. El arquitecto de una obra para la que trabajó Rubén se dignó a pasar en alguna oportunidad para pagarle y aceptó quedarse a tomar unos mates. Se sobresaltó al toparse con la estatua, pero pareció distenderse ante las explicaciones sobre el hallazgo. La bautizó como "la Venus de Victoria" y le dijo a Rubén que tenía que dar parte a las autoridades municipales o de algún museo, al menos, para saber de qué se trataba. Rubén asintió con bastante convicción. Se hubiera jurado que al día siguiente iba a salir corriendo a seguir el consejo, pero no. La Venus siguió allí.

El barrio se fue volviendo populoso. Cuando las vecinas se reunían a chismorrear en la sala, ella estaba allí, mirando desde su rincón con cierta sorna, reservándose la opinión. Los domingos iban los abuelos de Riqui a tomar mate y a mirar televisión en colores. La Venus miraba aburrida los grandes espectaculares y los abuelos a veces se distraían del espectáculo y la miraban a ella, la estudiaban seriamente mientras chupaban con todo vigor de la bombilla o masticaban torta frita con la boca abierta.

No sólo los hombres desearon quedarse a solas con la Venus. En cierta oportunidad Chiche, la vecina de enfrente, la costurera, se quedó cuidando al Riqui mientras su madre fue a hacer unas compras y en cuanto Mirta salió, aprovechó para llevar a cabo lo que se había propuesto desde días atrás. Se paró frente a la Venus y casi al oído le rezó, le pidió trabajo para el vago de su marido. Más tarde la Chiche llegó a su casa y encontró al marido tomando vino, como tantas veces. Le arrancó la botella de entre las manos y casi literalmente lo mandó de un puntapié a buscar trabajo. El hombre regresó al finalizar el día con un puesto de changador. Chiche no pudo ser reservada con la vecindad y entonces Ercilia fue a pedir por la diarrea de su ahijado y doña Paula por sus várices. Por los resultados, aunque algo ambiguos, se interpretó que la Venus concedía favores. Afortunadamente el mito no duró mucho, pero durante un buen tiempo la casa de los Álvarez fue casi un santuario. La luz de las velas alumbrando desde distintos ángulos descubrió por esas épocas, nuevos e interesantes relieves de la escultura.

Riqui creció, se hizo corpulento. Para él la Venus formaba parte de la casa como las paredes, las puertas y las ventanas. Por eso, casi no la veía. Y gozaba de mucha vitalidad, como su padre. Sólo que en vez de gastarla trabajando lo hacía jugando y corriendo, como es lógico para su edad.

-A correr afuera, Riqui- le decía su madre periódicamente. Pero Riqui era un poco desobediente, un poco travieso. Un día se puso a jugar al fútbol con un amigo, en la sala, porque afuera llovía y la mamá no estaba. Se trenzó en una agitada gambeta con su amiguito y la pelota los fue llevando así, cuerpeándose sudorosos los cuarenta quilos con porfía, como si en eso les fuera la vida, hasta el rincón de la Venus. No se podría determinar quién le dio un caderazo, o un golpe de hombro, o si fueron los dos al mismo tiempo, porque todo ocurrió con la velocidad de las catástrofes. Cuando Riqui vio que la Venus se venía abajo, hubiera querido detenerla de alguna manera, porque si bien para él valía lo que el armario o la mesa, sabía que para su padre valía muchísimo más. Es que lo había escuchado hablar de ella a cuanta persona le pisaba la casa, con gran orgullo, como si la Venus fuese una virtuosísima hermana mayor de Riqui, y lo había visto fumar muchos cigarrillos contemplándola muy serio y concentrado.

Pero la Venus no obedeció al anhelo infantil de Riqui sino a las leyes de la física, y se estrelló contra el piso. Los chicos presenciaron impotentes cómo la figura se fragmentó al chocar contra el revestimiento cerámico. La cabeza rodó un par de metros y el cuerpo quedó dando la espalda, con algunos trozos de cuello cerca de los hombros. Pero donde estaba el fino cuello aparecía ahora como una gruesa vena, una especie de espiga soporte. Fue el amigo el que se dio cuenta antes y exclamó gangoso:

-¡Mirá, Riqui, adentro del cuello tiene papel…!

Tironearon y extrajeron, en efecto, un rollo de papel amarillento y al desenrollarlo vieron que se trataba de varias hojas escritas a mano con tinta muy oscura, letra comprimida de trazo enérgico a rigurosos cuarenta y cinco grados. Como ya sabían leer, aún con las dificultades de esa caligrafía y entrechocando a cada rato sus cabezas por la ansiedad, leyeron.

Quinta La Urraca, San Fernando, abril de 1882

A quien lo encuentre:
Es extraño dirigirme "a quien lo encuentre". Es iniciar un monólogo a ciegas, con un ser anónimo, de una época remota, en el afortunado caso de que alguien dé con esta carta alguna vez en la eternidad futura. Arrojo una botella al mar pero lastrada, para que se hunda en las profundidades. Porque en medio de este atroz naufragio lo

que menos deseo es ser rescatado. Sólo deseo confesarme a alguien suficientemente alejado en el tiempo. Me arriesgo a que nadie me escuche jamás y eso sería terrible; mi alma en pena ambularía por un tiempo infinito después de mi muerte.

Pero Usted, el que está leyendo, sabe que mi mensaje fue al fin encontrado y nada menos que por Usted mismo, qué diablos. Dudo del lenguaje que debo emplear. Para una posteridad de tal vez miles de años convendría seguramente un lenguaje neutro y despojado. Probablemente dentro de dos mil años tendrán que llevar este escrito ante algún experto en lenguas muertas, puesto que la que yo en este momento empleo se habrá modificado tanto, sufrido una tal erosión de los bellos accidentes que ahora tiene que muy posiblemente habrá quedado reducida a un llano lingüístico. El tiempo simplifica. Ese idioma futuro sonará probablemente como una única y larga vocal. Pero todo esto no viene al caso. No faltará de todos modos un intérprete, alguien que se gane honradamente la vida descifrando antiguos documentos.

A medida que escribo crece mi confianza en que algún día alguien va a encontrar la escultura que rodeará lo que estoy escribiendo, porque así como me doy cuenta de que las palabras sufrirán el pulido del tiempo, así también ocurrirá con todo ápice de tierra. Buenos Aires parece ahora tan grande que no se puede concebir que pueda crecer más. Hace un siglo pensarían lo mismo. Eso me conduce a pensar que siempre crecerá y que donde hay tierra virgen como la del sitio donde voy a depositar el sarcófago, algún día llegará el manoseo de un hombre que necesita remover la tierra para saber que se asienta sobre ella, que existe. Sólo es cuestión de tiempo, y el tiempo para el arte no cuenta. Transita otro camino.

También confío en que luego de descubierta la escultura, algún día, tal vez se quiebre por su parte más débil, por ese fino cuello que me tentó a consumar la locura.

Ese cuello que yo, Sebastián Vergara, escultor, nacido en Buenos Aires en 1843, he recorrido con los labios tantas veces, y al que finalmente mis manos han dado una última recorrida fatal. Mis dedos vigorosos de escultor, después de la última caricia, se cerraron en un aro de acero, independizados de mi voluntad débil y enferma. Sentí latir el manojo de venas tibias bajo la fría presión de mis manos, mientras su vida se escurría, fluía en latidos. Sólo ante la materia inerte, recién entonces, estas manos se aflojaron, volvieron a ser mías, y les pregunté con la voz ahogada como si la garganta estrangulada hubiese sido la mía, yo le pregunté a mis manos "¿Por qué, por qué han matado a la mujer que amo?" Mi voz sonó como la imitación de un actor de mala muerte que había visto en un teatrucho representar la misma escena que yo ejecuté en la realidad. Estas manos, como las de ese actor, parecían consternadas, estúpidas, sin respuesta, anonadadas, arrepentidas, torpes. Ya no eran aquellas que esculpían seguras, confiadas, airosas, ágiles, limpias, iluminadas. Ni siquiera buscaron justificación en la infidelidad de la desafortunada.

Ahora escriben, las pobres. A pocas horas de haber apagado una vida, escriben. Qué otra posibilidad les queda que dedicarse a contar, acatando como corderitos la última voluntad del amo. Para ellas eso es un castigo. No les gusta escribir, lo consideran un arte menor. Cualquiera puede contar las sandeces que le pasan por la cabeza por medio de signitos volcados en un papel, pero no cualquiera se demuele media tonelada de roca para descubrir detrás, el cuerpo de una divinidad.

Digo entonces que mis manos están sometidas a castigo. Primero, al de pavonearse con una pluma por encima de un papel, durante un buen rato. Pavonearse, aunque suena vano y tonto, suele también tener algo de gallardo, y sin embargo el andar de mi diestra parece el de una babosa a la que persigo con sal, obligándola a contraerse en una huida espasmódica e inútil. Para cuando terminen de escribir les tengo reservada una faena asaz más indigna: la de bastardear el arte escultórica. De ello hablaremos luego.

Mientras escribo estas líneas caen lágrimas sobre los cristales de mis anteojos y debo detenerme a limpiarlos, para poder ver lo que escribo. Lágrimas de cocodrilo, podrán decir, pero lloro a Eleonora como si me la hubiese arrebatado una enfermedad, un destino cruel, incontrolable. Y en cierto modo, ¿no fue así?

Juntos hemos pasado momentos tan bellos como difícil es imaginarlo. Acá, en esta misma quinta, yo esculpía como si lo hiciese para ella, como si tocase el arpa, bajo su mirada apacible y lejos del ruido mundano. Era mi época de oro. Me llovían encargos de trabajo: un carro descargaba bloques de mármol en bruto mientras un carruaje partía colmado de ángeles, vestales y dioses mitológicos. Eleonora se quedaba conmigo pero también partía en ese carruaje, porque sus facciones suaves y dulces se habían reflejado, casi sin que yo me lo propusiese, en los rasgos de mis estatuas.

Trabajaba yo al aire libre, en medio de nuestro jardín, y mi golpe era tan justo que los trozos de mármol fluían silenciosamente bajo mi cincel, como si en lugar de mármol esculpiese jabón. Atrás había quedado la obscura época de la bohardilla, cuando el choque de la maza contra el cincel rebotaba entre cuatro paredes, lastimando mis oídos bajo la mirada despechada de los adonis, que aguardaban que alguien se interesase por ellos. Era la época de mi eclipse, ocasionado por los descubridores de las figuras regionales -mi otrora amigo Lucio entre ellos- que deslumbraron a Buenos Aires con toscas estatuas de indios y gauchos.

Todo cambió cuando conocí a Eleonora e iniciamos nuestra vida juntos. Puede no haber sido más que una feliz coincidencia, pero el hecho es que con ella comencé a trabajar sobre la figura femenina con gran inspiración. Los rasgos de mis estatuas se dulcificaron y cobraron animación vital. Una vestal velada de bronce para los Iribarne y una María Auxiliadora para el oratorio de los Zubizarreta, abrieron la brecha encabezando una nómina que sería tedioso detallar y que en los períodos copiosos de mi producción no me era posible registrar.

Con la prosperidad nos mudamos a esta quinta. La vida alternaba entonces entre poseer a Eleonora en carne, y poseerla en mármol. A veces, tal vez porque embarcado en un ritmo frenético dejaba de lado el descanso del sueño, se me hacía difícil distinguir el cuerpo de carne, del cuerpo de mármol, y la propia Eleonora ha llegado a sorprenderme abrazado a una estatua. Ella, riendo tiernamente, me ha despegado entonces del mármol y me ha ubicado donde correspondía, sobre su carne tierna y palpitante, como a un recién nacido que no acertaba a dar con el pecho materno. Una verdadera locura, la mía.

Hasta que llegó el vil anónimo. Que no hay cosa más vil que un anónimo de esa clase. Había oído de tal vileza, en habladurías, o en historias inventadas, y no había acertado a imaginar el daño que eso puede llegar a producir. Se siente uno como el gallo ciego del juego al que, valiéndose de su condición de inferioridad, alguien asestase de pronto un brutal puñetazo en la nuca. Quedaría uno tambaleándose en tinieblas, manoteando aire en la dirección en que cree escuchar respiraciones, risas a medio contener. Aturdimiento, ira, impotencia. Y dentro de sí ha comenzado a crecer un oscuro demonio que también se divierte con el gallo ciego, pero desde un hoyo interior: el de la sospecha de que el infundio no es pura ocurrencia, sino que se basa en hechos reales, tristemente verificables. Y si uno quiere ser prolijo, eficiente en la verificación, debe disimular, debe actuar como si no hubiese pasado nada. Es por eso que cuando Eleonora, ajena a mis infernales maquinaciones, preguntaba con ternura qué ensombrecía mi mirada, yo le respondía que era la fatiga, tal vez...

El anónimo fue seguramente enviado por alguien que envidiaba mi prosperidad, tal vez un colega (pues aunque parezca mentira en las artes se tropieza a menudo con la envidia más venenosa; muchas veces yo mismo, en buena medida la he experimentado). Todavía me martiriza el texto que me taladró la cabeza durante noches de meses. Decía, "Estimado escultor: su amada Eleonora mantiene encuentros muy íntimos con el doctor Gervasio Peralta Guzmán. Resignación. Don Gervasio es hombre de influencias políticas. Un amigo y admirador."

La taimada ironía fue infiltrándose en mi piel como una lenta ponzoña. Las palabras "resignación" y "un admirador" resonaron a partir de entonces con cada golpe de cincel que daba a mis piezas. Creo que antes de albergar rencor contra Eleonora o el tal Peralta, odié con fuerza suprema al autor del anónimo y a fe que lo habría demolido con mis herramientas, de habérmelo encontrado.

Pero todo cuanto pude hacer para comprender algo de esa infeliz situación mía, fue recurrir a la vulgaridad de contratar un policía retirado para que investigara al doctor Peralta. Dentro de toda esa humillación fue el policía mi único apoyo espiritual, oh paradoja. Por la gran discreción con que actuó, por el respeto, por la conmiseración, llegué a pensar que habría pasado por situación semejante. Hasta miró la foto de Eleonora, cuando se la entregué, con la gravedad con que se mira un condenado a muerte. Mientras en grave y fúnebre tono me recitaba su informe, tuve que contenerme para no abrazarme a él y llorar sobre su hombro.

"Señor Vergara -me dijo-, el individuo que responde al nombre de Gervasio Peralta Guzmán es de profesión abogado, pero dedica la mayor parte de su tiempo a actividades políticas y bursátiles. Dispone de grandes sumas de dinero derivadas de sus negocios y se dice que moviliza buena parte del dinero en apoyo del núcleo de Ezequiel Paz, un antiguo mitrista. Cuenta con un edificio de altos en la calle de La Piedad y Esmeralda, en el que comparte oficinas con otros colegas. Lamento informarle que personalmente he visto que la señora Eleonora Suffern en varias oportunidades y en plena tarde, ingresaba en el despacho de Peralta, y permanecía allí por espacio de unas dos horas. He sabido por intermedio del asistente de Peralta que durante esos encuentros se encierran ambos solos y que el doctor en cuestión hace decir que no está para nadie. Peralta está casado y tiene cuatro hijos. Hemos sabido también que acaba de adquirir a nombre de un amigo de él, un apartamento al que está haciendo decorar y que ha dado aviso al administrador del edificio en el sentido de que a la terminación de los arreglos, la propiedad será habitada por una señora de su amistad. Es todo cuanto sé, señor Vergara, por ahora."

Imposible saber si fue mi derrumbe emocional lo que provocó la decadencia profesional que sobrevino casi inmediatamente, o sucedió que Eleonora adivinó que esa decadencia era inminente y antes de que ocurriese fue a buscar amparo en otro que parecía acudir presto a la cima de su carrera. Lo cierto es que al poco tiempo de haber tomado yo conocimiento de la traición, el público se olvidó de mí. Como si todos se hubieran confabulado, se hizo un gran silencio y se postergaron, se detuvieron los encargos. Las miradas se volvieron nuevamente hacia los talladores de gauchos. Tampoco tenía yo ganas de reproducir los ojos, la nariz, la boca, el cuello de Eleonora, de manera que los pocos trabajos que yo seguía por inercia, para el comercio de intermediación, eran un híbrido lamentable. Los ojos que yo tallaba entonces eran ojos de nostalgia fugada y extravío, ojos y boca de piedra muerta.

Ella empezó después a abandonarme de a poco. A quedarse en Buenos Aires un día de cada tres y luego tres por cada uno. Inventando compromisos al principio, y sin decir nada hacia los últimos tiempos, como si ya existiera un acuerdo tácito.

Después de unos cuantos días de haber faltado en mi quinta la he encontrado en casa de sus padres y siempre fiel a su distinguida cortesía ha accedido a acompañarme a la ópera, como en nuestras bellas épocas. Tal vez como elegante despedida, aunque ninguno haya hecho mención a la inminente separación. También debe de haber interpretado Eleonora que mi pedido de que a la salida del teatro me acompañe a la quinta, formaba parte de un réquiem para nuestro amor y por eso habrá resuelto aceptar esa propuesta un tanto insólita. Tuve que ofrecer al cochero el triple de la tarifa normal para que nos llevase al desolado paraje de La Victoria a esas altas horas y aún así aceptó de pésimo grado.

Estaba especialmente hermosa. Asistió al Colón vestida de tela liviana y adecuada para esa cálida noche, con pocas alhajas y sin esos atavíos acartonados que suelen ponerse las señoronas. Quizás eso era parte de su estrategia para la disuasión pero lamentablemente, amigo lector, provocó el efecto contrario. Porque la sencillez de sus ropas no hizo sino realzar su atractivo y su belleza natural. El vestido era comparable a una túnica helénica y al caminar la tela, por adhesión, iba delatando sus formas esbeltas. El maquillaje discreto y un velo de preocupación en su rostro la privaban del aire superficial que para esas ocasiones solía ostentar. Su expresión había ganado en profundidad espiritual; tenía ese pequeño grado de quebranto, ese *"sur le point de s' évannouir"* que suele ser la perdición de muchos hombres.

Durante el viaje a la quinta besé muchas veces a Eleonora, profunda y prolongadamente, también como en los mejores días de nuestro romance. Ella respondió con pasión, ignoro si fingida, dando así dignidad a los estertores de nuestro amor. Tan bien lo hizo que por momentos creí que todo había sido una pesadilla, un malentendido y que en ese carruaje regresábamos victoriosos a nuestro nido de amor, a continuar viviendo nuestro idilio eterno, como debe ser. Eterno.

Cuando llegamos a La Urraca y ayudé a Eleonora a descender sentí, al tener su talle entre mis manos, que había rescatado una diosa y que la estaba restituyendo al Olimpo. Percibí la alegría de sus compañeros de mármol; me pareció que sus cabezas giraban lentamente, que alzaban las comisuras de sus labios en leve sonrisa y que entre ellos se guiñaban los ojos.

Ella también sonrió, como contestando a sus hermanos, volviendo a sentirse a gusto entre ellos. Ofrecí a Eleonora su licor preferido y me serví yo, y volví a servírnoslo varias veces, mientras conversábamos sobre lo descuidado que se encontraba el parque y otras trivialidades. Parecía contenta. Me senté a sus pies, mi cabeza sobre su regazo, como un perro fiel. Estuvo acariciándome el cabello y *después de un rato pronunció mi nombre. "Sebastián..." Tuve la sensación de que en esos puntos suspensivos que acabo de poner ella traía la intención de un cambio de rumbo y eso amenazaba con distraernos de un momento tan excelso. Apreté mi cabeza contra su pelvis hasta que sentí el monte de Venus clavárseme en la sien. Me fui desplazando hacia arriba y su vientre, sus senos pequeños transitaron adaptándose a mi frente, a mis mejillas, hasta que una vez más, llegué a su boca. "Sebastián...", repitió. La besé fuertemente para que no pudiese continuar. Besé su cuello, la acaricié por todo el cuerpo: soplé el rescoldo con desesperación, para que volviese a ser fuego. "Sebastián..." Rodeé entonces su cuello con mis manos y, cuando parecía que ella estaba por decir algo, algo que no era mi nombre, en ese preciso momento, estas manos que ahora escriben castigadas se independizaron de la débil voluntad del amo.*

Siento la necesidad de agotarme físicamente, de concentrarme ciegamente en algo material. Por ahora escribo, como un escriba, pero al mismo tiempo voy concibiendo los detalles de una ardua tarea que me ayudará, espero, a sobrellevar este penoso trance.

En primer lugar me he propuesto lograr una escultura (tal vez la última) que sea absolutamente fiel a mi amada Eleonora. Si bien me considero experto en estas artes, conozco también mis limitaciones. Una es que no puedo lograr un rostro idéntico al modelo. Siempre arribo a otro rostro, para mí perfecto y hermoso, pero que corresponde a un individuo distinto del original. En este caso no quiero correr ese riesgo y además, cuento con muy poco tiempo. Ella reposa ahora sobre el que fuera nuestro lecho, donde la acosté antes del comienzo de este relato, después de haber permanecido hasta que amaneció, sin saber qué hacer más que contemplarla. Sé que el paso de las horas atenta contra su belleza. Por todo ello es que he de recurrir a algo que normalmente hubiera considerado una degradación profesional: voy a copiar a Eleonora. Porque en este caso lo que importa es conservar su forma para la eternidad y no mi orgullo de escultor.

Voy a construir entonces un molde de yeso de su cuerpo completo. Para eso la acostaré sobre una cama de yeso vivo sobre la que reposará hasta que el material endurezca, las manos finas y bellas cruzadas sobre el pecho, como la dejé sobre el lecho y como Usted la ha encontrado, de la manera en que graciosamente solía ponerlas cuando decía que se la acusaba injustamente de alguna nimiedad, o cuando se conmovía por algo. Después la cubriré por completo con otra capa de yeso que no adherirá al anterior porque engrasaré su borde. Ella quedará así como confinada entre dos conchas de yeso hasta que yo las separe, rescate de entre ellas a mi amada y la vuelva a dejar como ahora, reposando transitoriamente en mi cama. Juntaré nuevamente los medio moldes entre los que entonces habrá aire, y algo más: en el vacío que antes ocupaba su fino cuello estarán estas páginas que ahora están siendo escritas, enrolladas y protegidas de la humedad por un envoltorio lacrado de papel con parafina. Por unos agujeros dejados en el molde haré penetrar una mezcla de polvo de mármol con argamasa que cuando endurece tiene apariencia marmórea. Ignoro hasta qué punto son de interés los detalles técnicos para quien dé con este mensaje.

Mientras la mezcla endurezca, lo que llevará casi dos días, me dedicaré a sepultar a Eleonora Suffern en el fondo de esta quinta, entre el viejo fresno y el muérdago. La dejaré con el vestido de fiesta con que asistió a la ópera y con sus joyas. La depositaré en el fondo de una profunda fosa que he de abrir en esa dura tierra como si esculpiera un bajorrelieve. Trataré de llegar hasta el arroyo subterráneo que corre sobre el lecho de tosca, el mismo que alimenta el pozo de agua, para que sus aguas cristalinas la bañen siempre, la purifiquen. Y la cubriré con un colchón de flores de nuestro jardín.

Para ese entonces la mezcla ya habrá endurecido, de manera que no tendré más que romper el molde y aparecerá Eleonora petrificada, idéntica a la que duerme bajo el colchón de flores. Sé que pesará mucho y que deberé arrastrarla hasta la tumba sobre rodillos, lenta y cuidadosamente. Con cuerdas o como sea, la haré descender allí y la depositaré, arriba de las flores, en la misma posición que la de carne y hueso; como las tapas de los sarcófagos, a imagen y semejanza de los reyes que yacen por debajo. Destruiré totalmente los restos del molde y todo vestigio de la operación. La policía me encontrará llorando sin consuelo porque Eleonora me ha abandonado para irse con cierto doctor Gervasio Peralta Guzmán.

Trato de imaginar qué pensarán las mentes evolucionadas del futuro cuando encuentren todo esto. Dada la actual tendencia es probable que lo reciban con indiferencia, mejor llamada objetividad; que se interesen más por la naturaleza de la piedra artificial que voy a emplear que por los sentimientos que en este momento estrujan mi corazón. Imagino a un sabio del futuro mirando con una lupa el ojo de Eleonora, sin ver que esta criatura me esclavizó, me hizo parir una escultura tras la otra, me abofeteó y me desgarró el alma, y que aún así yo me volvería a someter a ella cien veces más. Sin ver todo eso, que es tan groseramente significativo.

Me llama ahora el deber del ceremonial que me he impuesto. Debo apresurarme, antes de que el cuerpo comience a corromperse.

Sebastián Vergara

Riqui, su madre y Rubén leyeron sucesivamente el mensaje, y lo releyeron tantas veces que casi lo aprendieron de memoria. El amigo de Riqui también lo leyó y no entendió nada. Trató de reproducir la historia entre los suyos pero se perdió en una divagación confusa y absurda que no fue creída, y acaso ni siquiera escuchada.

Sacaron a la Venus de la sala y la ubicaron bajo la cama de Riqui, con la cabeza pegada y todo. Mirta no la quiso debajo de la cama matrimonial porque "le daba impresión". El manuscrito amarillento fue ocultado en un cajón del ropero, detrás de un revoltijo de medias y camisetas. Entonces la vida de la familia quedó como en suspenso: un manuscrito y la Venus decapitada flotando sobre tres mentes en blanco. Eso no llegaba a impedir que cada uno se dedicase a su trabajo, pero lo hacía en todo caso de una manera involuntaria, sólo por la inercia de viejas rutinas y cada vez más pesadamente, como muñecos mecánicos que se van quedando sin cuerda.

En la escuela, Riqui ya no era el mejor alumno y de a poco se confundía con esa masa alegremente impermeable a las continuas exhortaciones de la maestra. Hasta antes del manuscrito era el digno hijo de un as de la electricidad y mientras el padre desentrañaba con rapidez el secreto de un cortocircuito, el hijo resolvía en clase los problemas antes de que sus compañeros interpretasen el enunciado. Después del manuscrito, en cambio, la atención de Riqui se fue apagando, su mente estaba en otra cosa. Mientras la maestra se desgañitaba, él parecía escribir afanosamente, cuando en realidad lo que hacía era llenar las hojas de sus cuadernos con caras de la Venus, perfeccionando el dibujo página tras página. Hasta que un día la maestra se acercó despacito por detrás y lo sorprendió. Él, ruborizado, cerró el cuaderno. Ella, cautelosa, fingió ignorar el hecho, pero se lo comentó más tarde a la directora. En el establecimiento cumplían desde hacía un tiempo con ciertas pautas de modernización y por eso Graciela, una joven licenciada en psicopedagogía, aguardaba con paciencia su debut en un escueto horario, en su improvisado gabinete.

Allí fue Riqui con su cuadernito, y después de algunas preguntas afectuosas como para romper el hielo, Graciela le pidió el cuaderno y lo hojeó con morosidad.

-¡Ah, pero qué bien dibujás!

Riqui, rígido, miraba de reojo cómo desfilaban las hojas.

-¿Esta chica es de tu familia?

-Es una estatua, que encontró mi papá.

Graciela permaneció un rato mirando a Riqui, tratando de descubrir si lo que acababa de decir era una fantasía evasiva o una broma. Resolvió no indagar.

-Ah, y se ve que te gusta mucho, esta señora. A ver a ver, ¿te animás a dibujarla para mí?- Y apoyó sobre la mesa unas hojas de cartulina que tenía preparadas y un lápiz.

Riqui se quedó paralizado un rato y luego con gesto cansino tomó el lápiz y puso manos a la obra. Dibujó la escultura de cuerpo entero, en posición vertical. Después cara y torso de frente. Ella observaba atenta y silenciosa cómo Riqui de a poco se entusiasmaba y su trazo se iba haciendo más rápido y seguro, sin la típica inhibición de quien está siendo observado. Cuando terminó un perfil de cuerpo entero que parecía acostado, ella lo detuvo, tomó los papeles y los observó atentamente. Giró la página de la pose vertical y la colocó encima de la acostada, verificando con admiración que la altura era la misma. Acercó las dos hojas a Riqui en esa posición.

-A ver si podés dibujar algo más, que no sea la chica, como para completar el dibujo. No sé, lo que se te ocurra.

Riqui se quedó nuevamente pensativo. Al fin se decidió y entre ambas figuras dibujó flores. Tal vez un poco fuera de proporción, pero flores al fin.

-Ahá. ¿Ponés flores entre las dos? ¿Como si fuera un colchoncito? ¿Por qué, a ver, se te ocurre, por qué las florcitas?

-Porque entre la estatua y la mujer tiene que haber un cochón de flores.

-Ahá. Así que esta es la estatua y esta otra es la mujer, y va abajo, una acostada arriba de la otra. ¿La mujer es la modelo de esa estatua? Digo, porque como son iguales…

Riqui no respondió, sino que permaneció como hipnotizado frente a sus propios dibujos. Ella prefirió no insistir con esa pregunta.

-Y entre medio de las dos pusiste flores. Qué lindo, ¿no? ¡Y qué ocurrencia! Así la estatua no aplasta tanto a la mujer, pobre. Y huele el perfume de las flores y puede respirar a través de ellas.

Graciela hizo esos comentarios en un tono muy afable, como para terminar de ganarse la confianza de Riqui, que venía más comunicativo. Pero para su sorpresa, vio que él se había puesto muy serio y que se estaba poniendo de pie.

-Riqui, ¿te pasa algo?

-No seño, me tengo que ir- y dicho esto salió casi corriendo.

Graciela se quedó mirándolo.

-¡Gracias y perdone, seño!- gritó él mientras se alejaba al paso vivo.

En el aula se dio cuenta de que todavía no había sonado el timbre de salida, así que tuvo que serenarse y esperar. Graciela mientras tanto, le dijo a la directora que le parecía que la cosa iba bien, que lo dejasen hacer y que no le reclamasen nada al chico, por el momento.

Más tarde mientras cenaban, Riqui le preguntó a su padre:

-Viejo, después de sacar la estatua, ¿seguiste cavando p'abajo?

Rubén pensó un rato y respondió:

-Sí.

-¿Cuánto, más o menos?

-Y…, como dos metros.

-¿Y en todo ese alto de pozo no encontraste ninguna otra cosa rara?

-Nada más que tierra. ¿Por?

Riqui, después de un silencio de suspenso espetó;

-Porque entonces el escultor mintió, en su carta. Debajo de la estatua no había puesto nada.

Y "nada" quería decir delicadamente que no había vestigios de la presencia de Eleonora Suffern, nada más ni nada menos.

La conclusión del Riqui actuó como una bomba neutrónica. La familia quedó paralizada como una fotografía, mientras en el interior de cada uno un proceso psico-químico realizó un barrido con reprogramación celular completa. Imaginaron al escultor inventando una historia, jugando con la ficción, queriendo trascender a las generaciones futuras al dejar un falso testimonio sostenido en su habilidad artística.

¿O tal vez a último momento se arrepintió y enterró el cadáver en otro lugar, cercano o alejado de allí, como el cementerio? ¿O tal vez Rubén papá de Riqui mintió y debajo de la estatua encontró un felpudo de pasta barrosa diferente del resto de la tierra y cuyo color hacía pensar más bien en un tapiz de flores añejas prensadas y putrefactas? Y por debajo del felpudo de flores encontró un esqueleto completo, con su delicado cráneo, con un vestido de dama antigua, con bordados y puntillas que corrompidos por el tiempo se deshacían con el simple tacto. Tal vez lo extrajo cuidadosamente, lo emprolijó lo más que pudo, lo guardó en una caja de madera y lo volvió a enterrar en otro lugar, al fondo del lote entre el limonero y el ciruelo. En secreto, que la familia no se entere de nada porque es de mal agüero encontrar un muerto donde uno ha de vivir. Y por eso desde hace tanto tiempo hay allí clavada una cruz pequeña –justificaba siempre Rubén al que preguntara-, para proteger la casa y alejar los malos espíritus, por si estos existiesen.

Como fuere, un suspiro común de alivio copó la sobremesa en esa noche de revelación. Al día siguiente sacaron la Venus al jardincito y la pararon junto al enano de Blanca Nieves, sobre una base de hormigón fresco recién hecha por Rubén. Ya no tenían que ocultarla, como a la confusión de sus conciencias. Ya podía descender a la simple condición de adorno exterior.

Allí le dio el sol y la lluvia, o el agua de una manguera cuando regaban las plantas, o la orina del perro de la casa. A las pocas semanas comenzó la degradación física. Tal vez la resina que aglutinaba el polvo de mármol que había empleado Vergara no toleró el ataque climático y fueron apareciendo pequeñas cavidades, como en una lepra pétrea, que se hicieron cada vez mayores, hasta que la obra quedó reducida a un muñón que, en el mejor de los casos podía parecer un menhir, o un altar fálico. ¿Sería esa la intención última del escultor?

Pero tampoco eso duró mucho. Con el correr del tiempo la disgregación continuó y el menhir se fue lavando, consumiendo como una vela; como si la fuerza del olvido lo fundiese lentamente. Hasta que desapareció por completo. Sobre la base de cemento -que hacendoso había hecho Rubén-, solo quedó un pequeño montículo de arena suelta, que tampoco tardó en ser arrastrado por el agua purificadora de las lluvias.

<u>¡HOP!</u>

- ¡Hop! uno... ¡hop! dos.

La niña obesa bigotes de rocío saltaba sobre unos cuadrados dibujados con tiza sobre la vereda.

Podía estar jugando a la rayuela o más bien a otra cosa, cuyas reglas ella acababa de inventar con la riqueza de su imaginación y de imponer a los otros, con la fuerza de su personalidad.

Porque había por allí otros chicos, participando, como puede participar un gorrión que picotea por el piso un rato, brincando entre las baldosas, y luego echa a volar. El núcleo de ese grupo, era la nena obesa.

Así lo sentía un espectador situado a unos veinte metros del área de juego. Un espectador pálido y magro.

Observaba éste la escena desde hacía un buen rato, con mucha atención, como si quisiera descifrar las reglas de ese juego. La sombra de un árbol lo fundía con una pared de ligustrina haciéndolo casi invisible.

- ¡Hop! uno... ¡hop! dos.

Torpeza y agilidad al mismo tiempo. Las zancadas caían muchas veces fuera del límite de la tiza, aunque tal vez dentro de las reglas del juego. Pero el cuerpito se elevaba como una pluma, desmintiendo a los dietólogos. Sólo algún resoplido, un dudoso pasito en falso, podían delatar una debilidad pasajera, pero los cachetes sanguíneos y el aire de seguridad que dominaba en ella, pronto le devolvían a uno el ánimo.

El juego no era tan monótono de remitirse sólo a los saltos. Se intercalaban en él, suerte de paradas en las que la estrella se paseaba triunfal, recorriendo el escenario con los brazos en jarra y contoneando las caderas.

Fue en una de esas oportunidades en que la niña salió un poco de la pista -lo suficiente como para reducir el disolvente efecto de las sombras- cuando tomó consciencia de que en el área había un observador. Es más, casi se topó con él, intercambiando desde luego una mirada. Pero se encogió de hombros y volvió con su grupo de gorriones amaestrados.

Después, claro, ya no era lo mismo. Al final de cada pirueta ella echaba un vistazo al desconocido, no sin algo de coquetería. Este, miraba entonces para otro lado, como al azar. La atención del grupo amenazó con dispersarse. Incluso uno de los chicos, con pantalones por debajo de las rodillas, se acercó al extraño, lo miró un ratito y regresó.

Un cambio de juego fue la salvación. La nena pergeñó otro juego y cayó en el embeleso de su propia invención. Todos cayeron y una nueva razón de excitación nació. Un juego de reglas más complejas, más atrevidas. Bigotes de rocío era una reina, algo así como la reina de la mancha. Algo así.

El individuo aprovechó esta coyuntura. Se relajó un poco y comenzó sus cálculos. Los cálculos de sus movimientos, que debían ser precisos y rápidos. Sus manos trabajaron agitadamente por debajo del impermeable que tenía puesto directamente encima de la camisa.

La nena se pavoneaba nuevamente en estos momentos, ignorando a este espectador que había quedado ahora reducido ante su inventiva. Convertido en un impermeable viejo perchado en la ligustrina.

En su esplendor de ese día representaba ella una pantomima frenética revoloteando los ojitos con picardía y haciendo vibrar las partes muelles de su cuerpito.

Los amiguitos se apartaron levemente hacia un costado como para destacar a la vedette y a la nena se le ocurrió ensayar una especie de carga, justamente en la dirección del desconocido. Aquí encontró éste precisamente, la oportunidad que esperaba.

El impermeable vibró, y se abrió. Un oscuro caño surgió y se elevó rápido, a la altura de los ojos del hombre, y lo apuntó en dirección a la niña.

La fiesta, la autosuficiencia y la carrera se quebraron. Algo percutió detrás del cañón y la nena, antes de poder acomodar su cara al hallazgo, fue succionada y tragada por el artefacto. Conservando una sonrisa de Gioconda y con el polvo de estrellas sobre su labio superior, entró por ese tubo negro. Con el ritmo inocente de sus caderas, congelado. Con el jadeo en suspenso. Con toda la vitalidad de un niño prósperamente alimentado de cumpleaños felices y además, con los cálidos y tenues colores de ese rincón en ese día, la niña entró y se plasmó en una placa.

El aficionado guardó la cámara y se retiró satisfecho, convencido de que esta vez había logrado algo especial.

MONTE DE LOS FRUTALES

-Ya va a ver cómo va a quedar esto. Usté no me conoce.

El viejo habló sin mover los labios, la voz empañada, como un ventrílocuo agotado. Su signo de vida era un parpadeo de esos ojos claros, acuosos como los de un ciego, que se destacaban sobre la piel ennegrecida por el sol y las escarchas.

La promesa resbaló por los oídos de Miguel, que había escuchado frases hechas durante toda su vida. Empleó a su vez alguna fórmula sencilla de postergación, para sacarse de encima al viejo y a su compañera, una señora maciza, piel de terracota, que lo miraba implorante. Durante el resto del día se presentaron otros dos aspirantes para el puesto de encargado de la finca, que también prometieron hacer lo que se les exigía y mucho más.

A la hora de la cena el tema surgió como por accidente, de la boca de algún miembro de ese consorcio familiar. La cuestión era que los encargados duraban cada vez menos debido a sus torpezas, o a su inoperancia, o simplemente a que se cansaban y decidían irse. Esto producía en los dueños una ciclotimia agotadora de esperanza y decepción, que convertía al asunto en un factor de irritación capaz de echar a perder una sobremesa. Pero la realidad de la finca "cayéndose a pedazos" imponía una solución rápida, especialmente ahora que se acercaba el verano y con él, las alegres bandadas de amigos, y de amigos de los amigos de los propietarios. Todos se acordaban entonces de la quinta semi abandonada y extraviada al final de un laberinto, por la zona de Pilar.

El parque era ya una selva que amenazaba con irrumpir sobre el mismo camino de acceso, bloqueando el paso. En las casas nunca había agua, gas y luz al mismo tiempo. Ya era casi diciembre y la piscina presentaba las paredes cubiertas de verdín: en la parte honda se había acumulado un caldo petrolífero de algas y misteriosos seres que se adivinaban por palpitaciones en la superficie del líquido. La caballeriza se había convertido en el albergue en que pernoctaban las gallinas, gansos y patos que durante el día ambulaban alrededor de las casas, sembrando sus heces. Perros y gatos habían proliferado escandalosamente y asediaban implorantes al más distinguido invitado. De aquel monte de los frutales, ni hablar. Tres hileras de arbolitos raquíticos soportaban en silencio la ignominia reiterada de algún propietario cuando, con orgullo de lo que ya fue, comentaba a las visitas que antaño las ramas se doblegaban ante el peso de los frutos. Era en aquella gloriosa época en que los únicos propietarios eran los honorables abuelos de cabellos platinados que, tomados del brazo, recorrían la propiedad detectando la menor irregularidad, haciendo que todo funcione como un perfecto mecanismo; como un armonioso contrapunto de flores, frutos y arquitectura. Qué lejos de esta propiedad compartida ahora mezquinamente, en que cada heredero estaba demasiado ocupado con sus asuntos, o bien se guardaba celosamente de poner un peso de más. En este estado de crisis le tocó por extraño mandato a Miguel, el concurrente más asiduo y seguramente más encariñado con el lugar, constituirse en voz cantante del grupo familiar.

Durante esa cena, se constituyó a los postres una asamblea familiar para ayudar a Miguel en la selección del personal. En su opinión, ese viejo de ojos aguachentos era el candidato menos idóneo de los que había entrevistado. Para tanto trabajo como había allí ahora, era necesaria la presencia de una mente joven y despierta, una mano incansable y enérgica. Sin embargo, una hermana de bastante ascendiente le suplicó a Miguel que contratase al viejo. Nunca podría saberse si fue en serio cuando dijo que, de un simple vistazo a la escena de la entrevista, pudo intuir en ese hombre alguna extraña e indescriptible cualidad.

Don Vicente se instaló en Villa Elisa con una cantidad de familiares bastante superior a la declarada en las tratativas. Hijos, ahijados, sobrinos, nietos, habrían de ser identificados por los dueños de casa con dificultad, casi en base a rumores. Alguien que se hubiera tomado la molestia de mirar cuando llegaron, hubiera visto que acomodaron sobre el piso su breve equipaje y se quedaron todos, dentro de la casa que les estaba destinada, inmóviles. De pie, mirando las paredes, el techo. Cuando se pusieron en movimiento fue directamente para barrer, acomodar los desvencijados muebles provistos, limpiar vidrios. Cada cual desempeñó su rol como si obedeciese a reglas ya escritas en su sangre, como sucede con las abejas o las hormigas. Nadie hablaba, o al menos nadie hubiera podido desde afuera escucharlos. Los más chicos salieron afuera de la casa, más que a jugar, se diría que a estudiar el terreno. El viejo trabajó a la par de todos y los controló al mismo tiempo, con su mirada agotada pero alerta. Su mujer, empeñosa, lo secundó.

El cambio se empezó a notar a los pocos días. La selva fue transformándose en un parque versallesco: la tijera de podar redujo a elegantes setos lo que parecía un rastrero cáncer de arbustos. El rugido tenaz de la motosierra ensañada con ramas desmesuradas despertaba a los ocasionales moradores de la finca a horas inopinadas, entre la irritación y la sensación reconfortante que producen las tareas pesadas ejecutadas por manos ajenas. Y si se juzgaba por la parsimonia de este ejército silencioso y paupérrimo se hubiera pensado que esas manos eran, además, invisibles. Porque cuando uno echaba una mirada, sólo podía ver a don Vicente dando tijeretazos aislados o simplemente cruzando el parque, encorvado, arrastrando los pies, con medio cigarro apagado en la boca; tan flaco que el pantalón le formaba, por su mero corte, un culo ficticio. Sus familiares se moverían probablemente como duendes, trabajando alejados de la casa principal, mimetizados con las plantas.

Así como redujeron y domesticaron la selva del parque, la emprendieron también contra la hipertrofia de trepadoras que abrazaban la casa como boas; aparecieron entonces ventanas y accidentes arquitectónicos ya olvidados. Concluida la batalla de las plantas, prosiguieron con el aprovechamiento del material rescatado. De troncos y ramas hicieron postes, tirantes, tablones, elementos que usaron para restaurar cercos, reparar el techo de la caballeriza o el gallinero, o su propia vivienda: todo de la manera que menos doliera a los bolsillos de los patrones. Se los escuchaba martillar a toda hora con un ritmo sincopado, funerario. Los propietarios vivían por aquella época una situación económica complicada y durante sus encuentros -comilonas, por lo general- habían mermado sus chispeantes ocurrencias y a menudo se caía en el silencio. El eco de los martillazos era en ese caso un marco sombrío e inquietante. De no ser por razones prácticas, hubieran prescindido también de este nuevo encargado y por una causa novedosa, bien diferente -si no opuesta- de las anteriores.

Sin embargo Miguel, el menos aprehensivo de la familia, decidió ir a pasar a Villa Elisa unos días de vacaciones con su esposa y sus tres hijos. Afirmaba que verdaderas vacaciones, verdadero descanso, sólo podía tenerse allí. Excluía tácitamente los viajes a lugares lejanos o las playas de moda, con la exigencia de las obligaciones sociales. Es que por cierto el lugar, sin estar demasiado lejos de la ciudad, era muy apacible y el aire -tal vez a causa de la densa arboleda- parecía aumentar su tenor de oxígeno, no bien pasaba uno la tranquera. Según la mitología de Miguel, en los veranos de Villa Elisa siempre había unos grados menos y soplaba el viento cuando por los alrededores no corría ni una brisa.

Después de varios meses de tensa actividad en la ciudad, Miguel se entregó a la paz de ese lugar. No habiendo informado su paradero a ninguna de sus amistades, se puso a hacer el ermitaño y dejó flotar sus pensamientos a la deriva. Resucitó una radio portátil para poner un fondo musical a su éxtasis y la hizo su compañera permanente, ubicándola ya en el borde de la pileta, ya en la mesita de los refrigerios. Sólo los noticieros perturbaban esa ambientación. Aunque no prestaba atención al contenido, percibía que en general se trataba de calamidades, como de costumbre. En el relato de las noticias había por otra parte un tono agorero y funesto, inquietante, como si los acontecimientos, hasta el más nimio, se estuviesen entrelazando cabalísticamente y rodando por una pendiente hacia un final fatal e inevitable. La música, salvadora, aflojaba de nuevo sus facciones, que estaban enfrentadas con el sol durante buena parte del día. Las frecuentes evoluciones de los aviones de la base aérea cercana, paradójicamente, lo estimulaban. El estruendo que anunciaba la repentina aparición de una escuadra supersónica se metía bajo su piel: era un impulso vital que impedía que la misma calma lo devorase.

Don Vicente, con una eficiencia casi enfermiza, se ocupaba de que nada les faltase: desde la leche recién ordeñada de la única lechera, hasta pilas para la radio. Nada parecía ser una carga para este viejo, sino que más bien que agradecía cualquier oportunidad para servir que se le presentase. A Miguel, que compartía con el resto de su familia la habilidad para encontrar defectos, esta dedicación obsesiva del casero le producía cierta insatisfacción que, al no poder justificar, se le iba convirtiendo en desconfianza.

Una noche durante la cena, como si un inexplicable dragón hubiera suspirado junto a la ventana, pasó sobre ellos la escuadrilla de aviones. La sensación de que volaba muy bajo les hizo hundir involuntariamente las cabezas. Miguel y su mujer cruzaron una mirada y siguieron comiendo. Los chicos continuaron con sus juegos verbales mientras la radio portátil, pegada al plato de Miguel -ya un vicio en él- transmitía música folklórica.

De repente, la transmisión se cortó. Miguel estiró automáticamente un brazo y sin soltar el cubierto tanteó otras estaciones cuya ubicación en el dial conocía de memoria. Sólo encontró focos de crepitación. Buscó entonces con un poco más de empeño. En un extremo del dial una emisora no capitalina transmitía normalmente unos comerciales reverberantes y nada más. Miguel y su mujer se quedaron mirando el aparato, perplejos ante el fenómeno. Al rato una noticia de último momento interrumpió la programación. El pueblerino locutor anunció con voz vacilante que la Capital acababa de ser bombardeada y que fuerzas militares, recuperándose de la sorpresa, se dirigían ahora a la zona afectada a fin de evaluar los hechos. Siguió una larga tanda de avisos comerciales y después viejas canciones folklóricas. Miguel y su esposa permanecieron con las orejas apuntando a la radio, mudos y haciendo callar todo el tiempo a los chicos, temerosos de perderse cualquier comentario referido a esa broma de mal gusto. Una hora después el mismo locutor declaraba, más confundido, que varios barrios habían sido destruidos por completo y leía una nómina tentativa de los mismos, por lo que pudo saberse que el sector donde habitaban Miguel y su familia se encontraba en el epicentro del desastre, junto con otros barrios elegantes y la zona administrativa. Agregaba el locutor que no se sabía aún si la fuerza atacante era definible como enemiga, o pertenecía a una potencia tradicionalmente amiga ahora resentida por alguna acción diplomática de finalidad dudosa.

Durante el resto de esa noche, mientras su mujer sollozaba a intervalos, Miguel sólo trataba de representarse la escena. Imaginaba un inmenso cráter negro de varias manzanas de extensión que se tragaba los haces de linternas que trataban de curiosear en su interior. Le costaba creer que la imponente torre de departamentos donde tenían su vivienda, con su complejidad de instalaciones y prolijas terminaciones y detalles constructivos, se hubiera convertido en polvo. Por sobre el drama de la pérdida de parientes y amigos, Miguel sufría el desconcierto de la hormiga que se encuentra, al volver de su recorrida, con el hormiguero pisoteado y chamuscado. Descubrió la enorme importancia que tenía para él la referencia geométrica, espacial, la presencia tácita de su casa, de su ciudad, ubicadas cardinalmente respecto de él, alejándose o siendo un próximo, reparador destino.

Con el pasar de los días, Miguel y su mujer observaron que allí todo seguía funcionando igual. Los caseros continuaban con sus rutinas como si nada, pero las provisiones se estaban acabando y el dinero también. Se habían enterado para colmo que el sistema bancario se encontraba interrumpido. Miguel evitaba todo comentario acerca de la terrible situación y Don Vicente ni parecía estar enterado. Además se fueron dando cuenta de que había otra referencia que se había roto: la referencia legal. Más precisamente la que se relaciona con la propiedad. Ningún papel que testimonie la propiedad de nada, ni de lo que existía, ni de lo que ya no existía más. Ni los títulos que estaban en el secretaire, ni los que estaban en la oficina, ni en los archivos de los registros oficiales. Sólo estaba ese gran agujero negro de la imaginación de Miguel. De esa indeterminación, tampoco se salvaba Villa Elisa.

-¿Se habrán dado cuenta, Miguel? -preguntaba con angustia la mujer, y ambos se quedaban mirando en dirección a la vivienda del encargado.

-¿Se habrán dado cuenta? -se volvía a preguntar refregándose entre sí los dedos como si quisiera despegarse la piel y repartiendo una mirada aterrada por sobre la espesura del parque.

Una estrategia de acercamiento fue elaborada. Había que -desde luego- ignorar por completo la cuestión legal y tratar de organizar la supervivencia en ese lugar, al menos hasta que la situación se aclarase algo y pudiesen tomar contacto con alguien que los asesorase. En una oportunidad en que el viejo se acercó para traerles leche recién ordeñada -pilas ya no se conseguían-, Miguel con voz muy suave le explicó que iban a quedarse allí más tiempo de lo previsto y que como estaban las cosas, la mutua colaboración debía incrementarse. Don Vicente lo escuchó como siempre, asintiendo mecánicamente a cada frase, mirando el campo con sus ojos descoloridos, como controlando que todo estuviese en su lugar. Absolutamente nada se modificó en su expresión. Se diría que estaba lejos de advertir que detrás de la trivial alocución, estaba el llamado a una negociación cuyos límites eran tan confusos como las ideas de Miguel en esos momentos. No se daba cuenta de que el tono empleado, más que el de unas amables instrucciones, era el de un pedido de clemencia. Por más que se esforzó Miguel en usar palabras fáciles, el viejo pareció no interpretar absolutamente nada. Cuando no hubo más que decir, el encargado se tocó con el índice la destejida ala de su sombrero de paja a la manera de saludo, y se mandó mudar.

-¡Seguro que ese viejo se hace el imbécil! -gritó esa noche la mujer, al borde del ataque de nervios, mientras echaba cerrojos en puertas y ventanas. Imaginaba a don Vicente y a los suyos asaltando la casa, armados con sus instrumentos de jardinería, para exterminar a toda la familia de manera sangrienta.

A la mañana siguiente, cuando la mujer de don Vicente se presentó para hacer la limpieza, trajo consigo una canasta con huevos, verdura y pan casero. Hacía poco más de un día que se habían terminado las provisiones pero, por la tensión que estaban soportando y porque nunca habían experimentado el hambre, les pareció más de un mes. La canasta voló de las manos de la morena señora y apenas tuvieron la paciencia de esperar que finalice la cocción. Mientras tragaba famélica un huevo sin sacarle la cáscara, la mujer de Miguel tuvo la sospecha de que el alimento bien podía estar envenenado. Resignada no obstante a cualquier fatalidad, tragó el enorme bocado que tenía en la boca y siguió disputando con sus cachorros el resto de la ración.

Más tarde, cuando don Vicente pasaba cerca de la casa, Miguel salió a su encuentro y le agradeció con gran énfasis y ademanes ampulosos el generoso gesto. El viejo lo miró callado un rato y pareció responder al cumplido, con palabras de su oscuro lenguaje que Miguel no llegó a entender. Sólo comprendió una seña que parecía indicarle que lo siguiera. Miguel, sumiso, se puso a caminar detrás siguiendo la cadencia parsimoniosa del encargado. Atravesaron el parque grande, pasaron por las caballerizas. A medida que se desplazaban, otros de la familia de don Vicente se acercaban y se plegaban a la extraña procesión.

Así llegaron hasta la parte elevada del monte de los frutales. Allí se detuvieron. El viejo dio media vuelta y quedaron enfrentados. Los demás formaron un círculo alrededor de ellos dos y a Miguel lo estremeció de pronto el arrepentimiento de haberse alejado tanto de su casa. Don Vicente se puso a explicarle algo con ese lenguaje suyo que sonaba aún más críptico que de costumbre, tal vez por la confusión mental de Miguel. A veces se acompañaba de algún ademán vago, como señalando el terreno a sus espaldas. Miguel miró, y vio sectores de tierra removida; le pareció ver fosas y túmulos, como suele haber en los cementerios. No quiso contar cuántas fosas.

-Ahora va a ver usté- le pareció entender a Miguel. Dicho esto, el viejo hizo un movimiento por el que Miguel recién tomó consciencia de que con un brazo venía transportando algo. Era una pala. La levantó bien alta en el momento en que Miguel empezó a sentir un mareo, y la tuvo durante unos segundos así elevada, bien arriba. Por la mente de Miguel pasó la imagen de su mujer y sus tres hijos, esperando abrazados dentro de la casa. Cuando sintió que ya se le aflojaban las piernas, el viejo descargó la pala hacia abajo con tal fuerza que ésta se clavó en la tierra como un dardo.

Miguel miró la parte que sobresalía de la hoja y la vio rodeada de reflejos luminosos. Pensó que era un efecto producido en sus ojos, que lagrimeaban por el fresco del atardecer, o por la pena de sí mismo al acercarse a su final. Pero el espacio de los reflejos fue aumentando y entonces notó que alrededor de la pala clavada se estaba formando un claro charco de agua. Don Vicente extrajo la pala y, como si ésta hubiese sido un tapón, brotó más agua y el charco creció. A manera de desagote, el trabajador y su familia fueron abriendo un surco en dirección al monte de los frutales y el agua comenzó a deslizarse, indecisa primero. Pero después, con cada palada, el agua fluía ganando terreno, movía terrones, los acomodaba a un costado, y su espejo se iba abriendo paso con mayor decisión, hasta inundar el sector de los arbolitos secos del monte. Entonces Miguel descubrió que el viejo le estaba mostrando su obra de riego, en la que el agua surgía como efecto de otros trabajos tal vez invisibles, producto de una milagrosa consustanciación agua–hombre–tierra, y alimentaba no sólo los ciruelos, limoneros y manzanos, sino huertos de variadas verduras, y esa agua era contenida por una barrera baja hecha de tierra compactada -sacada de las siniestras fosas que había visto Miguel-, para que no se fugue por la pendiente del terreno.

Ya más sereno pero articulando las palabras con cierta dificultad, Miguel confesó a su encargado que con todo el desastre nacional que los aquejaba, ya no tenía más dinero. Que no iba a poder pagarle los sueldos atrasados ni los siguientes, quién sabe hasta cuándo.

Como si no hubiese prestado atención, el viejo, expresándose ahora con mayor soltura, dijo que cuando la abundante fruta que prometían las ramas cargadas de brotes estuviera madura, vendrían bien todos los brazos posibles para colectarla, embalarla y venderla, antes de que se marchite.

-No se preocupe don Vicente, ya va a ver cómo le metemos juntando limones, ciruelas, tomates, lo que sea – dijo ahora Miguel, con el espíritu ya casi totalmente recuperado.

DUELO EN LA ISLA

Sir Francis Gallahad presintió la proximidad del enemigo. Un paso en falso o simplemente el olor de muchos días de vida salvaje lo delataban, como a un cervatillo. Sir Francis giró la cabeza en bloque con el torso y aguzó la vista. Allí estaba la presa, patinando sobre turba sudorosa, atrapado como una mosca en la miel.

Ramón Maidana tomó contacto con el enemigo a las nosecuanto de una fría mañana y se aprestó a luchar por la patria. Era él solo, contra una división de caballería blindada aerotransportada. Los cañones giraron hacia él con zumbido de abejorro, lentamente. No terminaban de hacer puntería nunca.

Sir Francis se acomodó el yelmo y su visera resonó cuando la cerró de un golpe contra la babera. Echó a andar en pesada cadencia, conteniendo el brío del corcel. La fantasmal torre de acero se bamboleó en dirección de su propia sombra, cuyo extremo se empezaba a proyectar sobre un atado de capotes sucios que luchaba por mantenerse estable.

(A ver como me enseñó el cabo saco el seguro cerrojo para atrás alza guión por mi patria querida la vieja mi noviecita no puedo tengo los dedos duros carajo qué es esto que se me viene encima)

Sir Francis se detuvo a distancia prudencial y tensó sus guantes. Colinas turbias y praderas huecas salpicadas de una gangrena vegetal, herida necrosada perdida en medio del océano. El sol incipiente teñía de sepia el paisaje. Había cientos de hombres combatiendo y no se veía a nadie. Tal vez ya no había nadie. Sir Francis se llenó los pulmones del aire helado de esas latitudes y rebatió la lanza, la punta hacia las sombras. Aflojó el freno y el corcel fue liberando su andar.

(El fusil está trabado y se me vienen encima yo me rajo quiero volver al rancho a mi Corrientes porá).

(No, no me rajo una mierda si el fusil no anda será con el sable como San Martín y ya mismo lo pelo vengan carajo)

De la madeja de trapos se separó un poncho que se enrolló rápido en un brazo y se desplegó un par de pies cuyas garras se prendieron a la turba como dos tenazas de hielo. Saltó una escupida verde de yerba y un sable brilló al sol. Sir Francis detuvo su carrera y miró ahora a su enemigo de cerca, la punta de su arma a centímetros de su objetivo.

(Islita mirá lo que hago por vos que sos un montón de carbón soldado Ramón Maidana clase ¡firmec! no hay nadie estamos solos soldado el enemigo se ha detenido está desprevenido, nadie de nadie...)

Sir Francis observó la escena por entre las ranuras de su visera y vio la cara gris, imberbe, lacrimosa, y el sable. Antes de que éste lo deslumbrara y lo dejase ciego, descargó su arma.

Chocaron lanza y sable, coraza y poncho, acero y sangre. Emblemas legendarios, corcel y harapos enrojecidos rodaron por sobre la turba, rodaron sobre una tumba. Sir Francis se incorporó, acomodó su vestidura, y depositó una cruz sobre el enemigo. Siguió su camino, ahora más sólo en la isla.

CARAYA

El ingeniero Roviralta se paseaba a solas cerca del río Negro chaqueño, al atardecer, cuando perforistas y topógrafos ya se habían retirado y sobre el lugar, casi de repente, como suele levantarse la bruma, había descendido el silencio. Estaba en ese momento caminando en el centro de una casi perfecta herradura de árboles, de la frondosa arboleda que suele cubrir ambas márgenes y allí, el río hacía un pronunciado meandro.

Necesitaba estar un rato a solas, para ordenar ideas y porque era otra manera de sentir la propiedad de ese espacio donde se iba a construir otra obra por él proyectada; de saborear, en definitiva, el pecado de soberbia. En general se movía acompañado de pequeñas comitivas de colegas de menor experiencia que le brindaban información variada, lo trasladaban, tratándolo siempre con discreta deferencia, tratando de ser cautos tanto en las apreciaciones técnicas como en la bromas; acomodándose a ese sentido del humor victoriano, estereotipado, que suelen tener algunos porteños, especialmente los profesionales de cierto renombre. Desplazarse con ese séquito como un profesor de medicina rodeado de médicos residentes frente a las camas de los enfermos, mientras se escuchaba a sí mismo dar explicaciones en refinado lenguaje, era para Roviralta una forma cómoda de respirar.

Esta vez había preferido ir solo a curiosear los trabajos

de campo en la zona de emplazamiento de la futura obra hidráulica. Media hora después de haberse retirado el último operario y mientras contaba sus propios pasos para tener idea de ciertas distancias, escuchó el extraño rumor que parecía provenir de una punta de la herradura de árboles que lo rodeaba. Pensó primero que se había levantado viento, pero habituado a una interpretación científica del mundo no tardó en observar la inmovilidad de las ramas. El siseo fue creciendo hasta parecer la ovación de una multitud. Se propagó a través de la arboleda del meandro, reforzando más aún la falsa sensación de viento. A pesar del calor de ese atardecer chaqueño, Roviralta experimentó un agradable escalofrío. Sus ojos, neuróticamente inquietos al principio, en seguida se distendieron en un gesto de suficiencia. Pero claro -se dijo- deben ser los famosos monos. Porque además de considerarse casi un académico, se sentía poseedor de una amplia cultura, incluso sobre temas de la naturaleza. Dedujo que los monos se animaban a rugir porque el páramo había quedado en silencio.

Siguió caminando, con su paso seguro, como un conquistador español debe haberse paseado por regiones similares unos siglos antes. Sintiendo que un simple hombre que ahora se desplazaba sin retumbar a los ojos de Dios más que un insecto, iba, con el arma invisible de la inteligencia, a producir grandes cambios, a poner en cierto modo de rodillas a la naturaleza. Miraba al caminar sus botas, que siempre llevaba en previsión de la mordedura de alguna víbora, y sentía los tacos hundirse sobre el pastizal, como si éste fuese la pelambre del lomo de un animal enorme y tan torpe que no se daba cuenta de que el ingeniero ya lo tenía casi doblegado.

Se detuvo frente al sector en que estaba previsto construir el dique. Desde allí se iba a tener una buena perspectiva. Imaginó la mole de hormigón acicateando al terreno y al río contenido convertido en un gigantesco charco, que muchos designarían con el eufemismo de lago. Algunos colegas detractores que siempre hay, porque no todos se han ganado la oportunidad de llevar a cabo un proyecto de esa magnitud, habían hablado de que la región sólo es apta para obras pequeñas. Muchas obras muy pequeñitas y de tierra, casi como alcantarillas, de manera de perturbar lo menos posible el orden natural. Qué manera pequeña de pensar, pensó Roviralta. Qué sería así, de la profesión, concluyó.

El rumor de los monos lo distrajo nuevamente de sus cavilaciones. Haciendo memoria, había escuchado o leído cosas acerca de esos animales; ¿en algún film documental, tal vez? El sonido era realmente curioso. Cuando llegaba a su máximo se parecía al bramido que emerge de un estadio de fútbol al festejarse un gol. Permitiéndose una informalidad alzó los brazos, como si el autor del gol hubiera sido él, y las tribunas lo aclamasen. ¿Cual gol?, se preguntó con humor; el de mi Proyecto, con humor se respondió. Las multitudes festejaban la majestuosa obra de ingeniería que él veía ya construida sobre un atajo artificial del meandro, como si viera un espejismo.

Echó de nuevo a andar, pero ahora en la dirección del monte desde donde provenía el griterío, porque se tuvo que confesar que la misma curiosidad que lo llevó a manosearse con ecuaciones diferenciales y sistemas hiperestáticos, tal vez lo estaba llevando ahora a ver de cerca a unos simples monos. Al andar se sintió de nuevo el Conquistador, esta vez yendo a enfrentar a un grupito de nativos. Le pareció que una capa le colgaba sobre la espalda, balanceándose con la cadencia de su paso. Siempre dominado por una pulsión deductiva se preguntó cuál era el sentido de ese grito que se propagaba. Si se trataba de un impulso musical espontáneo -el ingeniero Roviralta también sabía de música-, si cada mono tenía un rol de tipo coral en esa comunidad, u ocurría simplemente que un mono que estaba descansando tranquilo escuchaba al vecino que le había dado por gritar, y eso le producía una excitación que lo incitaba a imitarlo, lo que a su vez excitaba a otro mono, y así sucesivamente. Efecto dominó hecho con sonido.

Roviralta se fue aproximando a una isleta de árboles elegantes y elevados que él supuso urundays, y observó que a medida que se acercaba, tal como ocurre con ciertos espejismos, el sonido se alejaba. Más aún, en alguno de esos reflujos sonoros, a veces el sonido parecía provenir desde el mismo punto de observación en que había estado parado antes.

Pensó nuevamente que de los hábitos de estos monos había escuchado o leído algo, hace bastante tiempo. El tenía muy buena memoria, pero la empleaba primero para su trabajo. Los monos hacían alguna cosa rara ¿qué era? Se internó por el bosquecito. Había allí especies diversas de árboles, seguramente lapachos y hasta quebrachos. También una flora de rastreras y trepadoras que le daban al bosque un aire tétrico, como las habitaciones de casas abandonadas, cubiertas de telarañas. Más allá, por entre los matorrales, se veía el destello de lentejuelas del río al escurrir. El ingeniero se detuvo, cuidadoso de que sus propios pasos no fuesen a espantar a esos aulladores, ya que se había tomado el trabajo de acercarse hasta allí. Prestó mucha atención. El sonido de los monos parecía haberse detenido. Sólo escuchó el murmullo del río que sonaba como una maraca débilmente agitada, y alguno que otro pájaro. Revisó con la mirada las copas de los árboles tratando de discernir algún cuerpo peludo entre el follaje, a Tarzán con la mona Chita, se dijo sin causarse gracia.

Nada. Ni siquiera el rugido. Volvió a pensar en su obra. Se regodeó con el prodigio de que por unos trazos suyos sobre papel se iban a mover toneladas de tierra que iban a frenar el paso al río. Se le ocurrió pensar que el lugar en que estaba parado en ese momento iba quedar bajo el agua cuando se llenase el embalse. ¿Cuántos metros? Cota cincuenta y ocho menos..., allí estaría parado en la cuarenta y cinco, no, en la cuarenta y tres. Si, ese lugar iba a quedar unos quince metros bajo el agua. Se imaginó a sí mismo con un traje de buzo, parado allí en medio de la inundación. Le surgió entonces una duda con respecto al emplazamiento de una barrera contra troncos. Tendría que volver arriba, al punto privilegiado de observación.

Dio media vuelta y arrancó la marcha hacia arriba. A los dos pasos, se tuvo que detener. Casi cerrándole el paso y a unos quince metros, había un grupo de monos, mirándolo. Por sus tamaños y actitud, parecían conformar una familia. El más grande le llegaría por la cintura, encorvado y apoyado sobre sus cuatro patas. Eran de pelaje más bien largo y oscuro. Roviralta extrajo su cámara fotográfica, de la que siempre iba munido, como un conquistador portaba su arma. ¿Cuál era la monería que hacían estos carayás? Eso, así se llamaban. Mientras apuntaba su cámara los vio a través del visor y hasta le pareció que sonreían para la foto. Uno de los miembros movió un brazo, hizo el ademán de juntar algo del piso, como por detrás de sus patas. El ingeniero esperó un poquito, para que la escena se estabilice y se preparó para disparar el percutor. Cuando estaba por hacerlo, descubrió tardíamente que el mono le arrojaba eso que acababa de tomar del piso, y que precisamente eso le hacía impacto en el objetivo, en el visor, y hasta en su propia cara. Entonces al fin recordó, que en algún lugar había leído que los de esa especie, a veces, especialmente cuando se sienten apuntados por algo, como un arma, -que la memoria genética les ha enseñado es un mortal divertimento del hombre-, tal vez por un reflejo del susto, arrojan entonces su propia deposición, la que dada su composición química agresiva, tiene acción irritante, congestiva, tóxica, etcétera, sobre la piel.

El ingeniero echó a correr para evitar ser blanco de más proyectiles, pero por un ojo que no había resultado afectado pudo percibir que los monos también se desbandaron a la carrera.

Se restregó un pañuelo por la cara para sacar el grueso de esa sustancia que ya le estaba provocando fuerte ardor en la piel y un dolor punzante en el ojo. No encontró mejor desahogo de su enojo que gritar a todo pulmón, en dirección al monte,

-¡Ya se van a morir ahogados cuando se inunde todo!

Tal vez como una respuesta, volvió a escuchar el característico bramido propagándose de una punta a la otra del monte, parecido a la fuerte ovación que se produce en una cancha de fútbol cuando algún delantero famoso ha metido un gol deslumbrante y salvador.

ALEJANDRO Y ELLA

-Alejandro, querido; cerrá bien todas las ventanas y las puertas, sin olvidarte de ningún pasador, apagá las luces y dejá bien cerrado el gas- me recomienda ella, y ahí voy yo como un mayordomo fiel, recorriendo pasillos, bajando y subiendo escaleras en una rutina que repito idéntica todas las noches, poblando la casa de percusiones de postigos rebeldes y mecanismos de cerrajería, viendo mi cuerpo pasar reflejado en los múltiples espejos como si fueran varios Alejandros que vamos y venimos, alargados y pálidos, metódicos; sobriamente enfrascados en nuestra importante tarea.

En otras épocas, el que iba y venía era el otro, haciendo lo mismo pero como si fuera un vulgar trámite, otra de esas cosas que hay que liquidar sin concentrarse demasiado. Cumplía con todos los quehaceres de su vida (incluso el de marido), hasta aquel día de lluvia en que inexplicablemente nos dejó.

Ella, mientras dura mi recorrida, espera arriba en su cuarto, magnífica, con las trenzas de cobre que caen sobre sus hombros y le bajan por los brazos hasta las manos, que sostienen un libro que parece siempre abierto en la misma página, y sé cuánto le complace que yo ande por ahí, y escuchar cómo voy tapando los ojos de la noche, esos que quieren hurgar dentro de nuestra casa, que buscan perturbar nuestra paz.

Por eso disfruto en burlar a esos fantoches que desde sus inquilinatos de propiedad horizontal se amontonan detrás de las cortinas, ¿para mirar qué? Si hasta he tenido que empezar a cerrar las celosías del comedor a la hora de la cena, porque a Florencia le ha parecido ver pegados a la ventana, ojos burlones de chicos que se han colado en nuestro jardín. Debe ser por eso que nuestras azaleas y también nuestras anémonas, han aparecido de vez en cuando, pisoteadas. Justamente ahora, que no hay más jardinero, porque él también era demasiado curioso de nuestra vida, al igual que las sirvientas.

Pero nos arreglamos, porque las plantas reviven en las manos de ella, y la comida que cocina -desde que no está más la cocinera- esa comida, jamás nadie podría imitar. Porque hasta el agua que ella recoge de la canilla parece cambiar su sabor químico, y entonces, hay que imaginarse lo que es un rizzoto, o una panaché, preparados por ella, aunque solamente haya para comer dos bocados. Pero no, nadie puede imaginarse lo que es paladear esas delicias de sabores armoniosos, de textura tan suave que siento sus manos masajeando mi paladar, hasta empujando el bolo con dulzura a través de mi esófago. No, no se lo imaginan esos del mundo de la calle, de ese mundo de pigmeos atolondrados y atropellados, de esos que más de una vez me han sugerido concienzudamente "vos te tendrías que buscar una novia y casarte".

Nadie entiende lo que es volver a la suite después de haber echado el último cerrojo, desplomarse de cansancio a su lado, percibir con los ojos entrecerrados que ella cierra cuidadosamente su libro; zambullirse luego bruscamente en la oscuridad porque ella ha apagado su velador, y sentir el cosquilleo de las puntas de sus dedos finos que me desprenden la ropa y me quitan después los zapatos, como cuando era su niño, de la misma tierna manera, y ya en la oscuridad de ceguera sentir que me arropa con su propio cuerpo, con mi misma piel.

No puede haber un sueño más sosegado que el que viene después, en el que nos alimentamos en un circuito cerrado, como un ser autónomo, nutriéndonos ambos de nuestras propias sustancias.

Y sin embargo, en medio de todo este placer y esta felicidad en que nos bañamos ambos, a veces la he sorprendido llorando. Enseguida se ha recompuesto y ha tratado de disimular, porque tiene, claro, una gran dignidad. Pero comprendo entonces que la dicha no puede ser completa sin la luz que está más allá de los postigos, ante otro mundo que no fuera ese que nos acecha con su ojo horrible y gigantesco.

Por eso espero resignadamente el día en que ella, casi como siempre, me recuerde que debo cerrar bien todas las puertas y ventanas y precisamente se olvide, de la instrucción de cerrar bien el gas.

CACERÍA

Ya las vuelvo a oír, corretear por sobre el cielorraso. Al principio dudaba que fueran ellas, o simples crujidos del maderamen. Pero los crujidos ocurren cuando las vigas se acomodan, después de los estiramientos o acortamientos que les producen los cambios de temperatura, y se escuchan aquí y allá, en forma errática, en lugar de desplazarse prolijamente en una dirección y como a los saltitos.

Me preocupan estas rajaduras en los encuentros del cielorraso con las paredes. Tengo la esperanza de que por allí no puedan pasar aunque si, podrían mirar. Tal vez me estén mirando, ahora.

Si, en la negrura de ese hueco me parece distinguir como dos ojitos, que me miran fijo. Permanezco inmóvil por un buen rato, acechando al menor movimiento. Pero no; están demasiado quietos.

Deben ser dos manchitas blancas, o menos negras, de la misma pared. Uno de estos días tendré que taponar, de alguna manera, esas grietas.

Por fin me atreví, y me trepé por encima del cielorraso. Yo sabía que estaba esta tapa removible pero no quería ni tocarla; me daba un poco de miedo, o asco. Pero todo fue cosa de hacerme de una escalera, treparme, y una vez arriba levanté la bendita tapa y la deposité a un costado, sobre el mismo cielorraso. Fue fácil. No me saltó ninguna de ellas en la cara, como yo esperaba.

Alumbré el espacio que hay entre el cielorraso y el maderamen del techo y me quedé un buen rato mirando, casi extasiado, ese mundo de ellas, rancio y misterioso, donde las sombras que proyectaba mi propia linterna me jugaban malas pasadas, bailando diabólicamente. La apagué entonces y mis ojos se fueron acostumbrando a la poca luz que entra por las mismas rajaduras que yo veía desde abajo. Después vino lo más difícil; armado de una escoba gastada (golpean mejor) me puse a gatear por sobre los listones que sostienen el cielorraso, sin pisarlo, porque sé que se hundiría, y las busqué cuidadosamente por todos los rincones. Así, de rodillas, me fui arrastrando sobre el canto de los listones y hurgando entre cuanto cascote y basura ha quedado sepultado sobre éste cielorraso, alerta y siempre listo para golpear sin vacilar a la primera que apareciese. Pero hasta ahora, no he encontrado nada.

Abajo hay ruidos: alguien ha entrado a la casa. Ladrones, tal vez. Oigo sus pasos. Por suerte están esas rajaduras que se han abierto entre el cielorraso y las paredes. Me acerco a una de ellas y miro: puedo ver un hombre. Lo veo revisar entre mis ropas. Me corro cuidadosamente hasta otra rajadura y miro. Veo otro hombre que también toquetea todo. Tira todo por el piso: ropa, zapatos, cajas, cajitas, papeles. Eso. Desparrama todos mis papeles. Busca como un enloquecido entre ellos: los lee, los arruga, los tira. Agarra las sillas, las levanta por el aire; cuando caen las patea. Grita furioso algo que no comprendo, porque su voz es un rugido. Ahora tengo que vigilar al otro, así que me corro hasta el otro agujero y miro. Allí está, desarmando un velador. Me debe haber oído, porque mira hacia el techo. Seguramente me descuidé e hice ruido al moverme. Ahora tengo que quedarme bien quieto; no debo ni respirar. El de abajo ha caminado y se ha detenido justo debajo de la grieta y mira hacia la misma. Sé que desde abajo ve solo una grieta negra. Cree ver mis ojos que lo miran, pero como éstos están muy quietos, terminará por pensar que son dos manchas blancas -o menos negras- de la misma pared.

PROCREACIÓN S.A.

Tomás dormía la siesta muy plácidamente cuando sonó el teléfono. Sin sobresaltarse y antes de coordinar movimientos para responder, levantó un párpado más que el otro -como hacen los gatos- dejando relucir dos esmeraldas que emanaron soberbia, contrariedad y pereza infinita. De un diestro zarpazo puso el auricular sobre su oreja y con la misma cara de gato consentido escuchó las instrucciones que el doctor Baltasar, el gran genetista, le transmitió a través de una secretaria.

Mientras la ducha lo despabilaba, Tomás se susurró a sí mismo algún insulto, reprochándose por permitir pasivamente que abusaran así de él, con tanta exigencia. Sin embargo, remolón pero dócil, se perfumó, se vistió de elegante sport y salió para su trabajo.

Se trataba de una cliente común. Eligió ser atendida en su domicilio, en lugar de la clínica. Casada, presentó a su marido con naturalidad, como se estila. El señor prefirió no presenciar y permaneció en espera en su sala de estar.

Con el correr del tiempo varios escollos operativos del método Baltasar habían sido superados. La clientela había asumido los roles y establecido de una manera casi espontánea pautas para agilizar los trámites de este método naturista: el manipuleo frío y mecánico de la inseminación artificial se considera ya superado y ha pasado a la historia como un tecnicismo innecesario y de mal gusto.

Claramente inscripta en esta línea, la señora María de los Milagros de P.Z. optó por no cubrirse durante el acto y recibió a Tomás en deshabillé. Conservando todo el tiempo una deportiva sonrisa, lo guió hasta un cuarto de baño para que se desvistiera y se pusiera una robe de chambre dejada allí a ese efecto. Luego se dirigieron hacia un dormitorio que estaba en penumbra y allí casi frente a frente, se desnudaron. María era una bella mujer pero Tomás, como de costumbre, no detuvo en ella su mirada más de lo que indica la cortesía elemental. No ocurría así con las clientes sino que por lo general, caían en la contemplación desembozada de ese adonis que, extendiendo un brazo lánguido hacia el lecho, daba en voz sedante simples instrucciones sobre la posición en que se debían acostar. Cerró entonces él los ojos y se tomó las sienes, como para concentrarse mejor. Permaneció así un tiempo, tal vez demasiado largo, hasta que logró la erección. Con la experiencia Tomás había desarrollado la habilidad de llegar a ese estado de una manera llamémosle abstracta, pudiendo prescindir de la imagen corporal. Como un fisiculturista hace brotar un bíceps, o un mago hace levitar una flauta.

Pero esta vez el retrocedió varios puntos con respecto a sus propios récords y desde luego le echó la culpa al exceso de trabajo. Por fin acomodó su cuerpo sobre el de María de los Milagros y mirándola a los ojos desde tan cerca como esa posición lo obligaba, antes de introducirse le dijo muy serio;

-Ahora, María de los Milagros, tiene que concentrarse y pensar en el sexo que desea para el bebé.

Esto que había repetido cientos de veces, lograba por lo general el mismo efecto: una risita nerviosa de la clienta y la consiguiente distensión, necesaria para alcanzar el nivel de excitación adecuado. Después, en silencio, ambos se dedicaban a la vital tarea. Pero en este caso también sintió Tomás que las cosas no andaban bien; los efectos de una embarazosa demora ya se manifestaban en forma de gotas de sudor que le corrían por la espalda. Avergonzado, decidió mirar a María para ayudarse. Ella parecía estar nadando en éxtasis. En cambio, el ojo experimentado de Tomás vio una mujer simple, ilusionada con su maternidad, jugando ya por anticipado con un hermoso bebé Baltasar, tan típico como un Correggio o un Botticelli.

La confirmación de lo que Tomás había adivinado ya con los ojos cerrados, esa especie de entusiasmo barato con que muchas pacientes estaban recibiendo lo que para él era poco menos que un sacramento, lo desconcentró. El fantasma del fracaso -cosa que nunca había sufrido- comenzó a flamear por encima de ambos, como una parodia siniestra del acto mismo. Ante esta perspectiva decidió apelar a cualquier recurso por poco digno que fuese. Para excitarse, hizo desfilar por su mente imágenes de mujeres que alguna vez deseó con vehemencia, las recordó bellas y voluptuosas, exaltó sus rasgos más inquietantes, intercambió caras con cuerpos, las descuartizó febrilmente, como armando un rompecabezas erótico: permutó rubias por maoríes, distorsionó rasgos pasando por bosquimanas, trogloditas, para degenerar finalmente en chimpancés, ya casi en los orígenes de la creación. Bañado en sudor, Tomás llegó al final. Al alcanzar el clímax, se escuchó a si mismo balbucear:

-Amo... mi trabajo. -y contra todas las reglas, descargó el peso de su cuerpo mojado y exhausto, sobre el de la cliente.

El idealismo casi monástico de ese último pensamiento evitó que su espíritu naufragase entre la decepción y el vacío de post-eyaculación. Ya reconstituido, pudo decir con esa simpatía sobria que tanto agradaba, su fórmula de despedida:

-Y ahora, María de los Milagros, se queda quietita un rato para que los bichitos hagan de las suyas.

Se vistieron, María llamó al marido y Tomás le comunicó a ambos que se volverían a ver en la clínica, después de la primera ecografía. Al despedirse le pareció detestable la actitud de presuntuosa superación del hecho, que ostentaba el señor P.Z. Muy en su interior, Tomás lo mandó a la mierda.

Encontró a sus dos colegas jugando billar en el "Club de los padrillos", como habían bautizado al bar que estaba cerca de la clínica. Charlie y René -sus seudónimos de trabajo- pasaban allí cada vez más tiempo de sus horas libres. Se habían acoplado a una pandilla de adolescentes haraganes y eran capaces de pasar horas comparando las ventajas y desventajas de un par de motos. Tomás consideraba que para sus cocientes intelectuales eso era un desperdicio ya que al fin y al cabo, gracias a esos cocientes, habían obtenido alta calificación genética. Al menos él -pensó- estaba inscripto en la universidad y de vez en cuando rendía alguna materia de su licenciatura en kinesiología. Lo hacía con mucho sacrificio, en especial cuando se trataba de temas teóricos; le resultaba tan aburrido que se quedaba dormido en cuanto abría un libro. Y mientras él soportaba esos cargos de conciencia, Charlie y René lo pasaban allí sin plantearse el menor problema. A veces los escuchaba cuando contaban a otros de la pandilla pormenores del trabajo, sin respetar la debida reserva. Tenían el mal gusto de describir particularidades físicas de algunas clientes, de revelar apetencias, tratos especiales o humillaciones. Tomás, el más antiguo y experimentado, así como el más solicitado por la clientela, no soportaba ese desdén por la ética profesional.

-¿Cuánto les pagan, prostitutas?- les preguntó despectivo, mientras se sentaba, yogur en mano, frente a ellos.

René se pasó el taco de billar por la espalda y se sentó en un borde de la mesa de juego, agazapado en una contorsión increíble destinada a afinar su puntería. Charlie, entre tanto, hizo un desplazamiento felino en busca de una buena posición para el próximo tiro. El silencio de ambos no fue intencional. Cuando jugaban al billar podía venirse el mundo abajo, que ellos seguirían con la vista prendida a todas y cada una de las bolas, no importa cuán complicadas fuesen sus trayectorias. Tomás esperó con paciencia, como otras veces, hasta que en un alto del juego se dignaron considerar la situación laboral.

Nuevamente se llegó a la conclusión de que, aunque ellos dejaban una parte de sí mismos en cada acto, cobraban una asignación mensual fija miserable en lugar de honorarios por servicio, como cobraba el doctor Baltasar a su clientela. Arreciaban entonces los insultos contra ese explotador que, mes a mes, duplicaba los servicios sin haber ampliado el plantel que, desde bastante tiempo atrás, había quedado congelado en la cantidad de tres. Debido a eso llegaban a proveer de hasta cinco o seis servicios por jornada, lo que había sido en los comienzos el promedio semanal. Y sobre todo, el tema de la dignidad. Tomás insistía en que no se podía permitir ese manipuleo infame con la posibilidad de dar vida.

Pero por otra parte Tomás percibía el tono enardecido de sus compañeros como quién presencia un psicodrama. Sabía bien que en media hora estarían entregados de nuevo a su juego favorito, en el que volcaban el auténtico entusiasmo. Se quedaron muy satisfechos cuando Tomás asumió espontáneamente el compromiso de plantear personalmente el problema al Director, después de su próxima visita a la nursery.

Tomás iba de guardapolvo blanco, con su paso elástico, muy ensimismado detrás de las enérgicas zancadas del pediatra. Se detuvieron ante la puerta de una habitación y Tomás compuso al instante su cinematográfica cara de trabajo. Cuando ambos entraron se generó un clima de fiesta y fraternidad del que participó hasta el presuroso pediatra, que revisó canturreando al bebé. Y tuvo lugar la ceremonia que se repetía eterna e idénticamente, por carecer tal vez de la gama de variantes que ofrecía el resto del tratamiento. El bebé fue extraído de la primorosa canastita que estaba junto a la madre, elevado cuidadosamente y puesta su carita junto a la de Tomás. Para el que lo presenciaba por primera vez era sorprendente. Los ojitos encandilados, mejor delineados de lo que es normal a esa edad, eran de color gris verdoso y, orlados de pestañas bronceadas y curvas, se entornaban ante la ausencia de estímulo, como los de un gato de angora acurrucado sobre un sofá al calor del hogar. Eran, sin duda, los ojos de Tomás. La madre, al constatarlo, lanzó una exclamación. La evidencia presentada, le ponía el sello al pedigrí de la criatura. Los demás rasgos irían surgiendo posteriormente: el cabello sedoso, la esbeltez, la agilidad y la rapidez mental, que Tomás no ejercitaba mucho pero que los tests denunciaban con claridad.

La línea Tomás tenía ya ejemplares de hasta siete años y todos -debido a su poderosa fuerza genética- eran idénticos a él. Esa monotonía era precisamente la garantía de calidad de su descendencia: un millar de Tomases reviviendo cada uno por su lado distintos momentos de la vida de su padre de sangre. Entrecruzando miradas fraternas por las calles, uno de la mano de su mamá con otro en bicicleta, adivinándose entre sí en shoppings, supermercados, espectáculos infantiles o cumpleaños, haciéndose amigos en la playa o ante un flipper, apareciendo en televisión en el publicitario de un nuevo postre, relamiéndose. Toda una sinfonía monocorde de ojos esmeraldados y de jopos de ceniza dorada.

Los ejemplares producidos por Charlie y por René no eran menos afortunados en sus atributos. Según la madre que les tocase en suerte, podían llegar a ser incluso mejores. Pero la calidad era discontinua. No contaban con características identificatorias tan estables y definidas, que daban al adquirente la tranquilidad que suele dar una marca prestigiosa.

Sin embargo, jamás podía saberse si el doctor Baltasar, cuando publicaba que había seleccionado a Tomás de entre dos mil machos perfectos, pecaba de exageración, o si era una gran casualidad que aquel apuesto joven fuese amigo de un sobrino suyo. Tomás se había presentado una mañana en la clínica, en ayunas, con el único dato que le había pasado su amigo:

-Mi tío anda buscando tipos de buena pinta, así como vos. Para un experimento, o no sé que...

La entrevista había sido breve, y se precipitó cuando Tomás le contó al doctor que era de padre noruego y madre turca. Cuando Tomás ya pensaba que el puesto de recepcionista no era para él, el clarividente genetista le explicó sin más, la tarea que habría de ser el primer servicio de su peculiar carrera. En el más absoluto secreto se iba a intentar la fecundación en una señora cuyo marido sufría de esterilidad debido a un accidente. La inseminación debía ser por vía natural. Baltasar sostenía que eso aumentaba considerablemente la probabilidad de fertilidad, ya que todo el organismo colaboraba con la generación del medio fisiológico adecuado. Si bien había serias objeciones de colegas -nunca faltan los detractores-, Baltasar confiaba en que muchos clientes iban a apoyar aún desde la ignorancia su explicación científica, impulsados tal vez por la creciente ola naturista, pero más que nada, por un oscuro anhelo de placer.

Fue así como esa primera experiencia tuvo lugar en la clínica misma, y se hizo con gran despliegue de gasas y antisépticos, casi como en una intervención quirúrgica. El acto fue sobre una camilla, en presencia del marido, el doctor Baltasar y dos auxiliares, todo alumbrado por una batería de reflectores. El servidor y la paciente, encapuchados y enfundados con delantales especiales, diseñados por el doctor de manera de cubrir discretamente las partes íntimas. Y sin embargo Tomás siempre habría de recordar su debut con verdadero orgullo profesional. Porque pese a tantos factores disolventes -dirían 'traumatizantes' los sicólogos- había sentido allí el llamado de la vocación. Había descubierto que la consciencia del preñar un vientre era algo supremo: los placeres del cuerpo perdían importancia, el mundo de los sentidos se replegaba ante tan excelsa y magnífica entrega. Mientras normalmente el macho se arrebata en los calores de la pasión, Tomás tenía la rara virtud de llegar a la cima con el espíritu intacto, para entregar allí la llama votiva de la vida. Este era precisamente el don que le iba a permitir posteriormente excitarse sin recurrir a la invocación de meros elementos orgánicos.

-Demasiados servicios por semana, doctor. Estoy entrando en agotamiento-. Tomás habló en un tono seco, pero de sobria resignación, como un campeón deportivo que evalúa con frialdad sus pobres posibilidades ante un adversario inesperadamente fortalecido.

El patrón lo miraba con cierto aire festivo, con pícaros ojitos de niño-viejo mogoloide mientras mesaba dispersos mechones de su barba. Antes de que Tomás hubiese empezado a hablar, sabía perfectamente cuál era el objeto de su visita.

-Por otra parte con este sueldo fijo no me alcanza. No puedo ahorrar y menos pensar en casarme -ante este último verbo, Baltasar abrió histriónicamente sus ojitos pero se abstuvo de cualquier comentario-. Hemos conversado sobre el tema con René y Charlie, puesto que nos preocupa a los tres, y consideramos que correspondería remuneración por servicio.

-¿René y Charlie? ¡Pero si estos chicos están a prueba! No sé si van a seguir con nosotros... -creyó oportuno introducir el doctor, con una exclamación casi maternal. Al descubrir un tinte de asombro en los ojos de Tomás, arremetió con ironía,

-Además eso de cobrar por servicio, ¡qué feo suena, por Dios!

-¿Cómo lo cobra usted, doctor?

-Bah. La clínica cobra un tratamiento global por esterilidad, según el tipo que sea, y ni se habla del sagrado servicio que mis muchachos prodigan -aclaró enfatizando afectadamente la segunda parte de la frase-. Verdaderamente no entiendo estos planteos. A diario vienen a verme chicos muy aptos, bien potentes y con ganas de trabajar gratis, hasta para el banco de inseminación artificial. Por otra parte esto no es un verdadero trabajo. Es, podríamos decir, algo así como la conjunción del amor a la vida, con el placer de producirla, que íntimamente ustedes...

-Conocemos cifras sobre el precio de los tratamientos...

-cortó Tomás la amanerada perorata del doctor, quien echó hacia atrás la cabeza como una víbora a la que se ha errado un palazo.

-¿Cifras? ¿Quién amortiza los equipos de laboratorio? ¿Con qué vamos a ampliar las salas de internación?

-...de tratamientos que no son precisamente contra la esterilidad... -continuó Tomás, sin prestar atención al desafiante argumento. El doctor lo miró entonces de manera desembozadamente burlona.

-Vamos, mi querido. No seamos tan limitados como para ignorar la esterilidad psicológica y todas sus formas... La más común, la de negarse a quedar embarazada de un paparulo, o de un adefesio, encima con riesgo para la descendencia.

Tomás finalmente enmudeció. A esta altura del diálogo, la imagen del doctor Baltasar terminaba por plasmarse en la de una sagaz madama que regentea un prostíbulo. Advirtiendo la honda decepción causada y en un intento por rescatar su propia imagen, el doctor pronunció elocuentes elogios acerca de su reproductor preferido y lo declaró en goce de licencia a partir del día siguiente. Le prometió además que hablaría con sus socios para considerar el caso "en particular" de su sueldo.

Se fue de vacaciones con Morana, su novia, a una propiedad que parientes de ella poseían en el Perú. Tuvieron así la posibilidad de pasar tres felices semanas en una cabaña frente al lago Titicaca. Allí se inundó Tomás de la paz y eterna diafanidad del lugar; gran parte del tiempo la pasó remando en una canoa que formaba parte del equipamiento de la finca.

También se dedicaron a recorrer la comarca. Visitaron poblados indígenas, observaron ensimismados fibras de paños coloridos que se entramaban en telares, sopesaron y acariciaron vasijas de barro. Tomás se sorprendió a sí mismo tratando de entenderse con indígenas decrépitos con la piel como corteza de árbol, que emitían sin mover los labios algunas palabras básicas del español. Despertó en Tomás un interés inexplicable y obsesivo por sus costumbres que lo llevó a volver más de una vez por esos parajes, munido ya de un léxico elemental de la lengua quechua. Entusiasmado además por la creencia de que había traspasado los límites hasta donde llega el turismo convencional, no vaciló en dejar buena parte de sus difíciles ahorros, a cambio de unas chucherías de metal repujado y unos huacos terrosos y cascados.

Morana, por su parte, vivía la dicha de ver a su novio -al menos por unos días- desconectado de su trabajo. Si bien reconocía ella un cierto orgullo por ser la novia de un astro de la inseminación, la abatía el hecho de ocupar en su vida un segundo plano. Ello, sin haberse enterado de que la pasión de Tomás algunas veces había ido más allá del eficiente servicio. Lo cierto es que después de las primeras experiencias durante las que Tomás se había concentrado exclusivamente en la faz técnica, él empezó a tomar consciencia de las destinatarias de su virilidad. Como ocurre por ejemplo con el mozo de un restaurante, que al principio se concentra en el pedido, después en el equilibrio de la bandeja y termina hermanándose con el cliente en alguna broma sutil. Especialmente cuando se dejó de usar la capucha, Tomás empezó por descubrir sus caras, las voces cálidas, intimidadas y respetuosas de la situación, el olor de la piel y el aliento, que hacen que una persona se meta hasta los pulmones. Así fue como varias veces se enamoró. Jamás podría decirse con tanta justicia que un hombre estaba realmente enamorado de su trabajo.

Amaba en su intimidad, dolorosamente. Se le

desgarraba el corazón cuando se despedía de algunas pacientes y sentía por ciertos maridos celos muy superiores a los que ellos podían sentir por él. Una entrevista de tan solo media hora era suficiente para dejar en él una huella profunda que se disipaba con la próxima paciente y así sucesivamente, cientos de veces. Abortando amores a la par que concebía. Hasta que fue llegando la madurez profesional y logró en parte aislar ese sentimiento, suspenderlo en el tiempo y despegarlo de su experiencia. Lo cazó como a una mariposa y lo guardó desecado como a una curiosidad. Entonces continuó amando única y asépticamente a su profesión.

Durante esas formidables vacaciones el solaz de Tomás se vio interferido cierta vez en que Morana -para quien ese paraíso no estaba aún completo- lo indujo a hacer el amor y, en mitad del acto, le declaró su viejo anhelo de quedar embarazada. Tomás le respondió entonces con desazón que no se sentía preparado para asumir la paternidad.

Con ánimo renovado y emprendedor al volver de vacaciones, Tomás se reencontró con su trabajo. Luego de lograr la erección en tiempo récord, se recostó sobre la primera cliente de la temporada.

Siempre había alguna novedad. En esta ocasión la señora se encontraba sola en la casa y -contra lo habitual- lucía un sugerente maquillaje, por lo que Tomás la encasilló en categoría seductora. Ya en tareas y cuando él vislumbraba un final digno de sus mejores tiempos, ella lo sorprendió pidiéndole que lo retrase. Mientras Tomás, sumiso, continuó en un ritmo lúdico, pudo notar que la cliente arqueaba el espinazo y contraía las facciones en muecas de placer, que revelaban una excitación situada más allá de lo aceptable para cierto urbanismo establecido de hecho en este tipo de relaciones. Se suponía que las señoras debían en todo caso disimular cualquier tipo de goce desmedido. Tomás aceptó la situación por unos instantes, hasta que decidió dar por terminado el juego. Completó su servicio con un par de flexiones que dejaron a la cliente boqueando y emitiendo tenues gorjeos. Mientras se vestía advirtió sobre la mesa de luz de la dama, el inconfundible envase de un diafragma anticonceptivo. Sin decir palabra, se retiró.

Informó sobre lo ocurrido al doctor, sin ocultar su indignación. Calificó al hecho de "burla repugnante a la ética profesional" y reclamó alguna medida punitiva. Baltasar lo miró con su diversión eterna.

-Pero hijo, qué difícil que lo haces... La señora S de B está haciendo una terapia de asimilación -subrayó esta última palabra- Aparte no exageremos; a este trabajo tenemos que tomarlo como algo más divertido, con menos solemnidad...

-Yo no estoy para "terapia de asimilación". Que la hagan con otro.

El doctor recibió estas airadas palabras con una morisqueta de consternación que sostuvo hasta que Tomás abandonó el despacho dando un portazo. Fue directo al Club de los Padrillos y allí se encontró con René que estaba dando clases de billar a una mujer muy atractiva. Le guiaba los movimientos con el roce de su cuerpo y le dictaba suaves instrucciones al oído. Un muchachito esquelético y con densas ojeras -de la pandilla de René y Charlie- explicó a Tomás muy seriamente que esa señora era una cliente que estaba empezando su terapia de asimilación.

Esa misma noche Tomás soñó febrilmente con los indios del lago Titicaca y sus costumbres. Al amanecer se despertó con una idea fija.

El rencor y la venganza habían sido para él sentimientos indignos y vulgares. Pero la traición del doctor Baltasar a la causa y la revelación de una sociedad rastrera que consumía sus productos como gaseosas, promovieron en Tomás un resentimiento que fue realimentándose en su impotencia, en su carácter débil, y así fue como concibió apelar al recurso que antes le hubiera parecido infame: el sabotaje.

En su sueño estuvo con los indios que le habían hablado del té de lumchipamundana. Según la leyenda, la infusión concentrada de las bellotas de esta solanácea posee misteriosos poderes genéticos. Si hombre o mujer la bebían horas antes de concebir, el fruto del apareamiento era un homúnculo cabezón rasgos de calabaza, provisto de una dulce sonrisa de por vida. Estos individuos, ignorantes de la noción de voluntad, sumidos siempre en la indiferencia o en una especie de apacible cinismo, resultaban inútiles para cualquier labor, por lo que los antiguos les atribuían carácter de deidad. Generaban ejemplares así en épocas míseras y los adoraban para apaciguar a los dioses.

En el mismo sueño, un decrépito indígena le hacía saber a Tomás que una de las vasijas que había adquirido guardaba buena cantidad de las milagrosas bellotas. Después de despertar y una vez familiarizado con su oscuro propósito, corrió a verificar esa revelación. La pieza de alfarería estaba llena hasta la mitad de una munición que olía a sándalo.

Tomás iba cumplir con su próximo servicio un lunes por la mañana. La noche anterior preparó su pócima y se la tomó. Su sueño fue entonces de una placidez infinita. Aparecían ex clientes que había amado, sonriendo dulcemente, desprendiendo flores que cubrían su cuerpo para regalárselas en un ademán litúrgico. Un vapor balsámico lo desvaneció dentro de su propio sueño y quedó reducido a una célula pétrea, eterna, para la que el concepto de paz era de por sí escandaloso.

Llegó tarde a su cita de trabajo. Se trataba de una cliente perteneciente a una acomodada familia de ilustre prosapia. En cuanto a lo demás se trataba de un caso estándar. Incluso el tipo de mujer era estándar; la ropa a la moda, el corte de pelo, el acento, la sonrisa. El marido esperó leyendo una revista de finanzas en el cuarto de al lado. Tomás dio los pasos de rutina, incluidos los comentarios amables, y cuando le indicó a la señora que pidiera el sexo, ella dijo:

-Que sea un varón, para que llegue a presidente como su tatarabuelo o a ministro como su abuelo.

En un gesto decisivo y fatal, Tomás hincó su sexo como una daga en la carne tibia del ser ofrecido en sacrificio: sintió que un torrente de lava se abría paso por entre sus entrañas y hasta deseó, en vano, detenerlo. Olió su propia piel que exudaba azufre y el cuerpo se le estremeció en violentas convulsiones.

Entonces, por primera vez en su carrera, abrazó y besó fuertemente a la receptora y le revolvió los cabellos y lagrimeando le deseó suerte y la volvió a besar, hasta que el marido llamó a la puerta con afectados golpes de nudillos.

NIGHT CLUB

La batería cataplán y a escena ahora, ya. Y con el órgano tocando música de iglesia. Qué ocurrencia este Lalo vestirnos de monjas. ¿Cómo tengo que moverme con este hábito tan pesado? Y sin ensayo, como siempre, todo a los ponchazos. Qué chantas. A ver lo que inventa Tati. Ahá, paseo en círculo juntando las palmas y mirando al techo. Media vuelta izquierda, step touch, media vuelta derecha. Eso. Qué humo que hay, acá hoy se fuman todo. Paso adelante, paso atrás. Así. Qué loco el Lalo, que se deje de embromar. Vuelta y media rápida. Más rápida, que vean las piernas. Esta túnica de porquería sube hasta las rodillas, nada más. Y sin embargo gusta. Mirá los tipos como se empiezan a sentar derechitos. Lalo degenerado con la iglesia no se jode. Mirala a la otra siempre apurada, ya empezó. Se sacó la toca. Ahora se suelta el pelo. No me convence. Yo empiezo por el rosario este que tengo en la cintura. Lo revoleo. Lo largo. Va a parar a la cara del anteojudo. Tiene que barajar el rosario junto con los anteojos. Le guiño un ojo, cuando se los vuelve a calzar. Paso atrás, balanceo, tatún tatán. Miro a Tati de reojo. Hace balanceo mostrando una gamba. Con una mano pegada a la cadera sostiene la túnica levantada. Se friega con esa mano la pierna, la cosa, una nalga. Ahora está divina. Vuelta las dos juntas. Así. Lalo te crees vivo. Es una falta de respeto.

Vamos. Me saco esta pechera toda almidonada. Va para el pelado (nunca falta el pelado). No llega. El aire la frena ahí no más y queda en el piso. Pobre pelado. Vamos Tati. Se sacó la túnica sin trabajo y está en enagua. Lalo hijo de puta, donde conseguiste los disfraces. Giro con vuelo, tatún tatán vean que piernas. Mirá pelado, mirá colimba. Un paso atrás. Lalo degenerado, que Dios nos puede castigar. Tony, esa luz, bajála un poco. Paseo en círculo, paso empuntado. Eso, gracias Tony por la luz azul. Unodós pierna izquierda, unodós pierna derecha. Ay qué frío que hace hoy. Unodós Tati tiró la enagua, ja, al pelado, ja, sonrisa, todos se ríen, mostrar los dientes, bajar las pestañas, unodós afuera la túnica, iba con mi tía a misa, la túnica no llega porque es muy pesada, no vuela, izquierda derecha tatún tatán y la enagua afuera, Lalo te olvidaste, el corpiño y la tanga no son de monja. Así Tony, más oscuro, pero igual veo que sudan el anteojudo, el pelado, el colimba, suda, y la tía me hablaba del pecado, pasarme las manos por las piernas, las nalgas, el pecho, como Tati, unodós corpiño afuera, tomá cieguito para que te infartés, media vuelta y balanceo, cadera, nalga, así, y me hablaba del infierno la tía, así Tati en redondo, en redondo, y del castigo, desnuda desnuda, pero con la toca puesta y peinada (que no me pienso despeinar) unodós adelante y atrás, Lalo, bien Lalo, lo pensaste casi todo, allá sobre la silla cuelgan los látigos, unodós izquierda derecha, paso adelante y agarro uno y lo empuño, así Tony, la luz roja, bueno Tony, y me decía muchas veces, una palabra que recuerdo ahora, que yo no entendía bien, Tati hace flexión de piernas y espalda hacia atrás, y un latigazo en mi espalda, y otro más fuerte, hereje, decía la tía, y caigo de rodillas, sí, hereje decía, y todos los pajeros se ponen de pie, y miran que me pego muy fuerte, uno dos tres cuatro, nadie mira ya a Tati, abierta de piernas y contorsionada, me miran a mí, cinco seis siete ocho, y me aplauden fuerte, nueve diez, y siento arder mi espalda, once doce, y siento quemar mi espalda bajo la lonja de cuero y los aplausos.

YENDO A CASA

Vuelvo, como todos los días, del trabajo a casa, en mi auto. Se está nublando. Ha sido un día agitado, como de costumbre. El tránsito de Buenos Aires siempre tan terrible, a esta hora. No es bueno para relajarse, y uno necesita relajarse. Qué pesado está, en cualquier momento se larga la lluvia. A ese García voy a tener que ajustarle las clavijas. Hace una estupidez tras otra y cuando se lo observo pone cara de culo y hasta pretende justificarse levantándome la voz, empecinado, obtuso. ¿Se dará cuenta de quién es el que manda, ese necio? Hoy me gasto todo en darle una explicación bien didáctica y lógica, empleo tono comedido para que no se sienta disminuido, y el papa frita me sale con un domingo siete. Muy movido el día de hoy. Pero bueno, en fin, es el precio de gozar de una buena posición. Me gusta saborear esa idea. Es mi gran caramelo. Me llevó años elaborarlo. Qué hermosa lluvia. Hacía falta. Está muy seco y sucio todo. Levantemos los vidrios. Pongamos el aire y la radio. Con el gerente general ando bien. Se dio cuenta de qué clase de tipo soy. Al pan, pan, y al vino, vino. Se dio cuenta de que yo tengo puesta la camiseta de la empresa y cuando hay que sudarla la sudo más que él, si vamos al caso. El también empezó de abajo. Estamos cortados por la misma tijera. ¿Hay que quedarse hasta las once de la noche, hasta las tres de la mañana? Ningún problema. ¡Che, cómo se largó ahora! ¿Se acordarán de entrar al Hércules? Seguro que llego y lo encuentro hecho una sopa. Qué trabajo hoy. Mañana voy a pedir a planta que implemente el nuevo sistema de stock. En la reunión de la tarde voy a pelear el tema Córdoba. Eso va a andar diez puntos. La competencia va a quedar descolocada. No. Noticiero con pálidas, no ahora. Eso. Prefiero un tango. Total en esta radio cualquier cosa suena bien. Pasando ATC el tránsito afloja, por suerte. Se puede levantar velocidad, y eso es relajante. Qué confortable esta máquina, salvo ese ruidito. Uno pisa el acelerador y parece que volara sobre una nube. La música se deshace en la pana de las butacas. ¿Será eso poesía? La puta, qué diluvio. Mejor aminorar. Es un cortinado de agua, el Niágara. Y yo acá sequito, cómodo, climatizado, disfrutando de di Sarli en "El pollo Ricardo", según el locutor. El que no me convence es el barbeta. Viene con ínfulas porque se trajo un "master" de la U.S.A. Teorías. En la cancha se ven los pingos. Por de pronto es un obsecuente. No sé que estará tramando. Yo nunca le chupé las medias a nadie. La casa, el country, los autos, todo lo que tengo me lo gané en buena ley. Y lo disfruto. Cómo no que lo disfruto. Palermo es hermoso siempre, hasta cuando cae el agua a baldazos, como ahora. Se desnuda de verde bajo la lupa de agua. Qué poema. Si sigue esta lluvia se va a inundar todo. Sería hermoso. Atravesaría el mar con esta poderosa máquina como si fuera una off-shore. Sólo me faltaría una mina al lado dispuesta a perderse conmigo en las profundidades, ¡jajá! Me seduce el peligro, siempre me gustó. Me estimula y excita. Es mi manera de interpretar la vida.

Es una lluvia extraña. Creo que nunca vi nada igual. Muchos autos se han quedado en el camino. Los parques se hacen espejo de agua. El lago de Palermo. Recuerdo que estacionaba el Ford del viejo mirando hacia este lago, allá, bajo los eucaliptos, acompañado por Lucía. Qué será de Lucía. Qué manera de amarnos. No entiendo de donde sale tanta agua. Es como si el lago se hubiera rebalsado. Es todo lago, todo río, todo mar. Habrá que parar, porque no se ve lo que hay debajo. El Chevy negro también paró. En cambio yo jugueteo un poco, antes de entregarme. Acelero y escucho el burbujeo del caño de escape. Blup, blup, blup, blup. ¡Vamos Pegaso! ¡Vamos delfín! Tironea como un delfín arisco al que clavé las espuelas. Corcovea al compás de un tango, como arrastrando las suelas, compadrito, o como agonizando en cortes y quebradas. Se paró. Tragó demasiada agua, el pobre. Pude llegar a La Pampa, frente al monumento a Güemes. La lluvia arrecia y también hay viento. Pese a la poca luz que hay ahora, puedo ver las olas que hamacan al auto, ladinas. Esto es serio. No entiendo. El auto se mueve como empujado por una corriente. Tal vez debería dejarlo. La puerta no abre. Pulso los levantavidrios, y los bajo. El agua entra en cascada. Un agua marrón, entrometida, se despatarra sobre la pana de los tapizados, pervirtiéndola, y de un blup se traga el sonido de la radio. Pienso en mi portafolio lleno de papeles importantes. El agua fría me besa los pectorales, me los sopesa cómo si fueran de mujer, prostituye mi camisa blanca, mi corbata de seda, mis tarjetas Dinners y American Express. Me levanta del culo y me saca por la ventana. De reojo veo al auto echarse de costado, como un caballo que inicia una rodada. Aunque nos separamos, vamos ambos en la misma dirección, hacia el río de la Plata, o ya estamos en él. Es una correntada inexplicable, rabiosa, que me aleja muy rápidamente. La lluvia se detuvo y el viento sopla sobre las olas, las desmenuza. Veo los edificios altos, ir perdiéndose a lo lejos bajo un cielo de plomo. El río me da vueltas de calesita hasta que se aburre y me succiona. Debajo del agua, como puedo, me persigno y mis burbujas dicen,

"Mierda, qué inconveniente. Al Hércules, ¿lo habrán entrado?"

FAUSTINE

No recuerdo bien, el momento en que apareció en la Compañía. De a poco tomé consciencia de ella, de que estaba viniendo regularmente: una mujer tal vez linda que cambiaba palabras con Irene, la secretaria. Digo "tal vez linda" por adivinación, ya que no vi bien su cara, al principio. Ella misma lo impidió, al ubicarse de manera que la melena le hacía de pantalla, una pantalla de seda negra y trémula. Tampoco, diría, vi su cuerpo. Ya se sabe como son las modas: la ropa holgada, en fin, hay que adivinar.

La Compañía -así llaman al caserón de Moreno al mil quinientos- consta de planta baja y un piso. Abajo, el depósito de mercadería (lo que queda de ella) y su encargado, reducido hace mucho a la actividad de tomar mate y escuchar la radio. Alguna vez ocupa la mañana entera en acomodar o localizar un paquete. Arriba estamos nosotros. Don Hilario, el anciano patrón, dormita en una oficina cerrada con mamparas de vidrio inglés. Al revés de las tortugas sale en invierno para conversar con los otros moradores, que somos Irene, Farías y yo. Yo que ingresé de muchachito y Farías que ya tenía sus años, cuando entró. Nos habla -don Hilario- del poco movimiento y de la inflación. En la planta baja hay algo de luz que entra de la calle, pero arriba don Hilario la amarretea y es una boca de lobo: un único tubo fluorescente para los tres empleados.

En cambio, la nueva, se ubicó en uno de los escritorios vacíos del fondo y dispone de una elegante lámpara con pantalla de bronce y con un interruptor que produce un sugerente clic-clac. Cuando le dieron ese lugar fijo para que haga sus trabajos temporarios, me di cuenta de que no es el caso de esos que se acercan a la Compañía, medio fugazmente. Tocan y desaparecen. Escapan de este lugar frío y oscuro, vuelven a la luz de la calle. Irene -la gorda, le digo cariñosamente- nos informó como al pasar que se trata de una ayudante del viejo contador, que viene a darle una mano con los libros. Para que se instale cómoda fue que plumerearon ese escritorio, con su sillón. Cuando empezó a venir por las mañanas, con regularidad, tomé consciencia acabada de su existir y desde entonces sigo viendo la melena que le tapa la cara, y más abajo los enormes libros contables. Con cualquier pretexto abandono mi lugar y paso por delante de su escritorio, silencioso, para que no piense que uno busca llamarle la atención, pero deseando que el aire desplazado por mi cuerpo o algún reflejito mío en su taza de café le anuncien mi proximidad. Ella continúa enfrascada, a pesar de todo; escudada en un largo y bien cepillado mechón de seda color castaño oscuro.

Farías, mi compañero, que se la pasa leyendo, la bautizó Faustine. Es el nombre de un personaje de novela, según me contó. Una hermosa que en realidad no existía: era una especie de proyección cinematográfica que aparecía y desaparecía medio caprichosamente, mientras un hombre de carne y hueso se volvía loco porque no podía establecer con ella ninguna comunicación. Le parecía que ella lo miraba, pero ella miraba más allá, a través de él. Como ocurre cuando uno está frente a un buen retrato: los ojos parecen seguirlo a uno mientras se desplaza, como si fueran los de un ser vivo. Farias siempre trae a colación alguna de las historias que ha leído, le gusta la ficción. Yo prefiero los hechos, la realidad.

La gorda Irene nos dijo que el nombre de Faustine es Hilda López. Prefiero llamarla Faustine. Con Irene ella habla, le pide los libros y hasta cuchichean un poco, como si cambiasen secretos. A Farías lo saluda, quizás porque él tuvo varias veces la iniciativa. Con don Hilario conversa sostenidamente, y era de esperar. No sólo es el patrón, es un hombre mayor; no tiene que hacerse la interesante si lo quiere seducir, y teóricamente es inofensivo. Aunque dicen que en los ancianos el sexo se exacerba. Así debe pasar, ya que después de sus largas conversaciones con Faustine, vuelve secándose los labios con un pañuelo y nos mira con cierto fastidio, como si pretendiésemos meternos en su vida privada.

Farías se divierte conmigo. Ríe cuando se escuchan los pasos de Faustine resonando en esos peldaños delatores y yo paro las orejas como un perro. Ella llega y le da un beso a la gorda. A Farías y a mí, un gesto lejano e impreciso y enseguida al trabajo. Farías está por encima. Tiene su familia, su vida hecha. No como yo que soy un solterón (caramba, es la primera vez que uso conmigo esa palabra; tiene una letra más que soltero y suena tan distinta). Farías se divierte. Cuando Faustine, a veces, levanta la cabeza de sus papeles y pareciera que medio distraída me mira, Farías se ríe de mí. Tal vez paternal, no lo niego. Y enseguida hace la alusión a la heroína fantasma:

-¡Ay, Nacho... Faustine no te ve! Mira a través de vos, como si fueras de vidrio... Sos una sombra más, en este lugar.

Ha sonado el teléfono cuando Irene estaba en el baño (la mitad del día está en el baño). Atendí y era el viejo contador de la Compañía, para Faustine. Pude acercarme a ella y con mi mejor cara de idiota preguntarle:

-¿Vos sos Faus...Hilda López? Hay un llamado para vos.

Entonces fue inevitable que le viese la cara en forma franca, nítida, total, llenando una ventana panorámica en primer plano. Para escucharme se sostuvo la melena en vilo durante unos segundos, y hasta diría que me sonrió. Ha sido un día memorable.

Ya dije algo de que Faustine viste con colores apagados, pantalones sin forma, pollerones que esfuman la línea de sus piernas. Sin embargo, mientras ella conversaba hoy con Irene, Farías me hizo notar, impertinente, que calzaba mocasines de víbora. Nos pareció un detalle sugestivo, casi erótico, en medio de esa sobriedad. Extrañamente eso lo llevó a Farías a concluir que "Faustine vive con un tipo". Fueron martillazos en mi cabeza las sílabas vi-ve con un ti-po, bajo la mirada socarrona de Farías.

Clic-clac el interruptor de la lámpara de Faustine y se enciende también el pulóver rojo que ha traído hoy.

Cuando la gorda Irene se acerca a nosotros es para hablar por lo general de enfermedades. Bueno, ella habla casi todo el tiempo de sus órganos caídos: prolapso de riñón, estómago, ovarios. Cuando dice prolapso hace también una caída de ojos. A veces pienso que Irene es víctima de la fuerza gravitatoria y que le vendrían bien unas vacaciones como astronauta dentro de una cápsula ingrávida. También nos trae chismes y siendo tan pocos como somos, es fácil imaginar que la mayoría son chismes acerca de ese anciano que pasa horas encerrado en su cubículo y de toda su familia. Conocemos vida y costumbres de hijos, hermanos, primos, sobrinos, nietos, mejor que la historia de nuestros próceres. Pero esta vez Irene vino con material fresco, novedoso, que le ha provisto nuestra momentánea compañera. Nos ha tirado como bifes a las fieras que Faustine es marplatense, divorciada, y que vive sola en un hotel del barrio.

Farías ha conseguido dialogar con ella. Claro, el está bien aprovisionado, en su casa; no tiene nada que perder. En cambio, yo tengo que actuar con cautela. Faustine le ha confirmado que vive sola -no ha mencionado ningún hotel- y le ha confiado que tiene por hobby la pintura, es decir que pinta cuadros, y que tiene algunos amigos que compensan su soledad. La combinación pintura-contabilidad me resulta un poco perturbadora.

Mamá tiene siempre ese buen olfato. Yo creo que me estoy comportando ante ella de manera normal y corriente, pero de pronto, mientras cenamos, entre golpe y golpe de cuchara para cargar la sopa, me espeta:
-Te está gustando alguna chica. ¿Es la contadora nueva, esa que va para ayudar?
-No he cambiado con ella una palabra, madre.
-¿Y qué esperás?
(Una oportunidad, madre)

Fui a todos los hoteles que se encuentran en un

radio de tres cuadras, a preguntar por ella solamente para tener algún dato más de su vida. Para ver cómo es el hall por el que va y viene, la cara del conserje que la saluda, que le mira las piernas cuando se aleja. Pregunté si se aloja una señorita López, así y asá. Desde el pelado de bigotes hasta la viejita con verruga me miraron con los ojos para afuera, como si les hubiera preguntado por una finada, y me contestaron con un toque de indignación, "no señor". En todos los casos pensé que se alojaba en esos lugares pero que la estaban encubriendo (ninguno se fijó siquiera en el registro de pasajeros).

No he tenido paciencia para esperar la oportunidad y encaré a Faustine. Me acerqué a su escritorio sin nada elaborado, entregado a la improvisación, y produjimos un intercambio de palabras absurdas e inconexas. Lo importante es que pude mirarla a la cara por un buen rato, poniéndole y sacándole puntos frenéticamente. Dos arriba por la boquita, uno abajo por la nariz levemente en gancho, dos abajo por una oreja que parece de cera, cinco arriba por esos ojos de mirada dulce, uno abajo por las cejas de gallega, dos arriba por las mismas cejas, la boca perdió un punto porque se estiró demasiado al reírse, uno arriba por la marquita de viruela boba. El resultado fue neutro. Me reconfortó pensar, "Ja, no era para tanto. Ni fu, ni fa". Pero después, mientras encarpetaba remitos, me reproché no haber hecho ningún avance en concreto. La próxima vez tendré que empezar de cero, nuevamente.

Farías lo hizo por mí. Como no tiene compromiso fue al grano. Le preguntó donde vive y ella le contó que en una pensión de señoritas, justo a la vuelta de esta misma manzana. Hoy, después del sanguchito, pasé por allí. Es un edificio viejo, tenebroso. No había notado su existencia hasta ahora. Como si acabaran de construirlo simulando su antigüedad.

Horas, he montado guardia. Desde la salida de la Compañía hasta entrada la noche, con la esperanza de verla y decirle que pasaba por allí de casualidad. Fue un descuido de esa guardia para comprar cigarrillos y al volver reconocí de lejos la silueta y su paso un poquito desmañado, pero ya era tarde. Entraba por la puerta como si fuese aspirada.

A Faustine le falta poco para terminar su trabajo de la temporada en la Compañía. Alguna vez puede ser la última y yo no lo sabré. Cuando viene se esconde detrás de su pantalla de pelo y no se despega de la silla. Ni me atrevo a acercarme desde la vez que lo hizo don Hilario, como para charlar, y ella lo interrumpió en seco a los dos minutos, diciéndole con una sonrisa tímida "¡Estoy tan atrasada, con todo esto...!" El patrón dio media vuelta y se mandó mudar a su pecera, entre avergonzado y respetuoso de la vocación de servicio. Sólo la gorda Irene tiene vía libre. Sus buenos diez minutos diarios se gasta con Faustine, y a mí se me hace que hablan de depiladoras, ropa interior, o anticonceptivos.

Soy onanista, pero hay un límite. Después de la tercera guardia frente a la pensión sin resultados positivos y ante las crecientes dificultades dentro de la Compañía, decidí arremeter. Me metí derecho viejo en la pensión de señoritas y como era de esperar me salió al cruce una gorda con cara de bulldog preguntando "¿A quién busca, señorrr...?" Tartamudeé que buscaba a la señorita Hilda López y creo que torció la boca en una mueca de desprecio -hacia mí, se entiende.

-¿De parte quién?

-Dígale que de Langoni S.R.L.

-Momentito.

La gorda se alejó por un pasillo bamboleando sus prepotentes nalgas. Me puse nervioso porque no tenía nada preparado para decirle a Faustine. De haber preparado algo, no me habría atrevido a meterme allí. Me conozco.

Reapareció la gorda moviéndose con la misma cadencia y Faustine detrás, pisándole los talones y con los ojos muy abiertos. La gorda se hizo a un lado y quedamos enfrentados.

-¡Hola, buenas noches! ¿Pasa algo? -con la entonación de la mayor de las sorpresas.

-No, eh...nada. Quería ver los cuadros.

-¿Los cuadros?

-Sí. En una conversación Farías me ha contado que vos pintás, y... yo tengo relación con una galería que expone cuadros, y... van a tener unos días libres, es decir, sin nadie que exponga, y... tengo que contestar mañana a primera hora.

Faustine se corrió el mechón de seda negra de la frente y largó como una carcajada medio desencajada, valga la cacofonía.

-¡Pero es que lo mío es sólo un hobby, yo no soy profesional..!

-Bueno, pero si te interesa yo te lo puedo ver y te digo si es posible.

-Ah, ¿pero vos estás en el tema de la pintura?

-No, no mucho. Pero estoy acostumbrado, por mis amigos de la galería.

-¿Y cuál es esa galería? -movía los ojitos de un lado para otro, estaba esforzándose por entender la situación.

-Es la galería da Vinci.

-¿Da Vinci? ¿Dónde queda?

-En Uruguay y Talcahuano. Digo en Uruguay y Charcas -Faustine se quedó mirándome, pensativa.

-¿Si me mostrás un poco los cuadros? -la gorda estaba a unos metros haciendo no sé qué. Paró las orejas.

-Acá no tengo muchos, y está tan desordenado...

-No le hace. Es el desorden de los artistas. Pero si querés ordenar un poco, yo te espero acá.

Créase o no, Faustine se corrió a un costado a cuchichear con la bulldog, que terminó asintiendo de mala gana, como si le hubieran pedido que juegue de arquero. Mientras Faustine se fue a arreglar su cuarto la gorda me miraba desde un rincón, de abajo hacia arriba, como un toro cuando está por embestir.

Mientras Faustine me guiaba a través de pasillos ennegrecidos por los años pero con olor a lavandina, sentí una sensación de triunfo y mis oídos alucinaron el fragor de una hinchada. Lucía ella una remera a rayas y una pollera sencillita, tableada y corta. Pude apreciar sus piernas delgadas, y una sutil chuequera. Me hizo pasar a su cuarto y cerró la puerta. Sofrené un pequeño impulso de retirada.

Faustine había distribuido sus cuadritos como pudo, sobre el piso y contra las paredes, algunos sobre una mesa, sobre sillas, sobre la cama. Eran más de diez. Me vinieron ganas de llorar.

-Ah, pero qué bien -dije, y ella miró sus cuadros y me semblanteó, entre intimidada y risueña ante la situación. Era una Faustine distinta de la Faustine contable. Estaba ahí indefensa, mostrando su interioridad a un semi-desconocido, sin entender porqué; como si estuviera luciendo una malla de baño habiendo olvidado la depilación. Miré los cuadros uno por uno en un paseo alrededor de la cama y mientras tanto traté de organizar lo que iba a decir al final, pero no se me ocurrió nada. Creo que los cuadros me cortaban la concentración.

-Ahá. Ahá. -decía yo ante cada cuadro. Ella me acompañaba con su sonrisita tímida y yo no me animaba a preguntar nada, porque todo era muy obvio, o decididamente inexplicable. Manchas "no figurativas" tal vez, aunque algunas mostraban cosas concretas: una cara, un paisaje con un río, un ojo acá, una nariz allá. De pronto preferí la sinceridad.

-¿Me podrías explicar éste? -le dije señalando uno con un círculo atravesado por rayas.

-Bueno, explicar... Tiene que ver con un estado de ánimo, no sé... -y se rió de no saber cómo seguir, o del absurdo de explicarle a un invasor. Nos quedamos un rato mirando ese cuadro, como si la explicación fuera a surgir en subtítulos.

-¿Pero representa algo? -la pregunta no era de un experto. Lo sentí porque se puso medio seria, como defraudada.

-No, no exactamente. Es una mirada para adentro, en un determinado momento. El círculo podría ser una luna...

-Ah, una luna…

-Si. Y este pájaro que tiene que...

-Ah, claro, un pájaro...

-...que tiene quebradas las alas... y sentí que tenía que haber un cielo como un remolino, o un pozo...

-¿Estabas triste, deprimida?

-Bueno, no necesariamente triste...

Suspiró y se quedó mirándome, con una sonrisa como piadosa, vigilante de mi reacción. Los dos en silencio. Me sentí muy incómodo y me abrumaron las ganas de irme, porque adiviné que todo se podía hachar a perder. Ya no podía preverme. Le prometí hablar con mis amigos de la galería para arreglar una cita, o algo por el estilo. Le pedí un teléfono y me dio el de la recepción. Me acompañó hasta la salida.

Esa noche, mientras descargábamos cucharazos sobre el plato de sopa, mamá me dijo:

-Cuidado donde te metés Nacho, a tu edad...

Quise dar un puñetazo en la mesa, como hacía papá, y rocé el borde del plato, que después de una cabriola fue a dar contra el piso. Busqué el trapo rejilla y enjugué sopa y añicos que quedaron esparcidos por el piso. Me corté con uno de ellos. Por más que le pedí perdón y le expliqué que aunque no parezca yo estoy pasando por un buen momento de mi vida, mamá se quedó preocupada.

Al no verla por la Compañía llamé a Faustine dos veces por teléfono, con la consiguiente molestia de la bulldog, que la tuvo que ir a buscar. En la primera, Faustine atendió un poco agitada tal vez porque corrió, pero con voz de entusiasmo del que espera una buena noticia. Le mentí asquerosamente. Inventé amigos marchands (nada más alejado de mí), inventé enredadas gestiones con ellos para que le concediesen un espacio en la inexistente galería da Vinci. La segunda vez que hablé con ella un calor extraño me   acometió, me quemó por dentro como si hubiera tragado una antorcha. Interpreté eso como el signo que marcaba otro límite: la mentira y el teléfono se habían agotado. La invité a tomar un café.

En el café Faustine sacó el tema de la exposición, pero yo lo eludí y no sin torpeza. Ya no quería mentir más, pero eso me hacía seguir mintiendo sin aguzar el ingenio. Como un ladrón tratando de zafar de un perro prendido del pantalón. Traté de cambiar de tema, de sondear en su vida. Le pregunté por la familia, por el novio. Entonces fue ella la elusiva, la que con cortesía contestó vaguedades. Se hizo una competencia de evasiones y los dos nos sentimos cada vez más incómodos. Cayó bien, entonces, cuando le pedí que me llevase a su cuarto porque quería ver de nuevo los cuadros.

El ingreso a la casa de pensión y la recorrida hasta el cuarto de Faustine fue un calco de la vez anterior, salvo que ahora yo estaba muy nervioso. Todo ocurría sin que yo lo hubiese ni siquiera imaginado. Por esa misma razón la vez anterior salí poco menos que corriendo de allí.

Prendió la luz y quedé frente a unos pocos cuadros que estaban a la vista. Los demás estarían seguramente en el armario. El cuarto estaba en orden. Mi visita, tal vez, fue prevista.

Parado, rígido, encogido de hombros, mudo frente a los cuadros, me volvieron el calor y el estremecimiento.

Giré sobre mis talones e intenté besarla en la boca. Se apartó bruscamente y me dio un empujón que me hizo trastabillar. Me afirmé al piso y volví a la carga, tomándola esta vez de los brazos y empujándola hasta que cayó de espaldas sobre la cama. Sobre ella me zambullí y quedamos frente a frente, horizontales, mirándonos bizcos el uno al otro. Los dos ojos de ella se juntaron en uno, sobre el que volaba un gran pájaro con las alas desplegadas. De reojo vi en un ángulo los labios comprimidos, perfectos, y en otro ángulo la nariz plana, como si estuviera de perfil. Vislumbré más allá el lóbulo nacarado de una oreja. El ojo de pulpo se clavó en mí interrogativo, asustado, odioso. El pájaro ceja se arqueó tenso, las plumas erizadas. A mi olfato llegó un vaho de aliento rancio, de miedo o de hambre. Sentí el blando calor del cuerpo de Faustine palpitando debajo del mío como si estuviera acostado sobre un conejo. La sangre me hervía y la boca se me hizo de hiel. Sentí las manos hinchadas como garras. Con todos los sentidos puestos en el más mínimo movimiento esperé que me ayudase, que me enviase alguna señal de estímulo. Quise hablarle, articular una frase, rabiosa o cursi. Tenía muchas ganas de decirle "te amo" pero me sonaba inverosímil, ridículo. Los dos quedamos atravesados por una horrible parálisis. Cuando me empezaba a acalambrar, escuché voces de inquilinas en algún punto lejano de los pasillos. Me decidí por un soberano esfuerzo y me incorporé. Desarrugué mi ropa con las manos y sin atreverme a mirar a Hilda que también se recomponía, abrí la puerta y me fui. Cuando salía del edificio, sentí la mirada de la portera en la nuca, como una satánica patada en el culo, que me devolvió a la calle de todos los días.

La señorita o señora Hilda López ha pasado ayer por la Compañía. Ha venido muy elegante, con un tailleur violeta que contrasta bellamente con su melena negra. Se ha ubicado en su escritorio, ha hojeado un libro de asientos, ha escrito algunas cosas y se ha retirado. Mientras estuvo, cambió algunas palabras con Irene, con don Hilario y hasta con Farías. En algún momento, mientras parecía meditar sobre su tarea, Hilda ha mirado como al vacío, en la dirección de nuestros escritorios. En su mirada perdida creí notar una niebla de nostalgia y reproche.

Farías me escuchó suspirar y por supuesto ignorante de mi frustrada arremetida vino a la carga con su vozarrón alcahuete y cargado de mofa:

-Ay Nacho, Nacho. ¡Pero si ella mira a través de vos, como si fueras de vidrio...!

LUZ Y SONIDO

Hay un bar, modernizado. Tras su barra -bar significa barra-, hay un hombre lava copas que hace su trabajo, serio, concentrado, responsable, eficiente. Baraja la vajilla con destreza, la mano más rápida que la vista. Pule con el repasador los vasos de whisky, hasta espejarlos. Con una mano los gira y los mira con una pregunta, como Hamlet a su cráneo. De este lado de la barra es difícil descubrirlo, atrincherado en cristal y porcelana, tan serio y profesional.

El resto del día, podría ser un estudiante crónico, o un hombre común, hasta un mediocre; un empleado de banco, uno que duerme, o uno que no duerme.

Se refleja él mismo, fregando el repasador contra una copa. Se mira en un espejo. Lo verían los demás, mirarse en un espejo.

También a veces mete ruido y no es para hacerse notar, no le interesa. Es un ruido que lo trasciende; una atronadora gigantesca maraca llena de vidrios rotos. ¿No se siente un músico, una orquestucha, al menos?

Vasos y pocillos y platitos le llueven como pequeños boomerangs. ¿Se mortifica por eso? ¿Se cansa? El está allí para hacer lo suyo. Y cambia a veces una palabra con un compañero mozo o con el cajero: un chiste corto, seco y conciso. Le frota el repasador, le saca brillo, y allí te lo manda.

Un día el hombre lava copas ha tenido un malestar y ha faltado. Otro día el malestar ha vuelto y el hombre volvió a faltar. Y ha seguido faltando. Se ha muerto, finalmente, el lava copas, de un cáncer.

Las copas no han esperado. Están siendo lavadas, ajetreadas, zarandeadas, musicalizadas, secadas y bruñidas, por otro.

DESDE EL COLECTIVO

A la memoria de Humberto Constatini, maestro de las letras.

Cacho iba como otras veces, despatarrado en el asiento posterior del colectivo, limpiándose las uñas con el cortaplumas. Se sentía una bolsa de papas, un lelo de esos que sacan a pasear en coche y que van mirando el mundo exterior por la ventanilla. Le parecía que sólo le faltaba babearse. Después de la catástrofe había empezado tomando los colectivos para presentarse en algún lugar donde ofrecían trabajo, pero como las semanas y los meses transcurrieran sin novedad, seguía arriba de ellos como por inercia, yendo cada vez menos a lugares concretos, sino más bien de un lado para otro, a cualquier parte, cambiándose de colectivo, paseando tranquilo, bajándose en las terminales, y caminando sin rumbo hasta terminar por perderse en algún barrio de la ciudad. Nada menos que él, que había tenido taxi. Pero es que ya no miraba ni registraba nombres o detalles, y desde un tiempo a esta parte todas las calles barriongas se le antojaban iguales. Sin embargo cuantas veces en estos casos de confusión se subía casi a ciegas, sin fijarse en el número de la línea, y embocaba combinaciones que lo devolvían a su casa en Villa Luro, justo a la hora en que la patrona lo esperaba con el puchero o el guiso.

Todos los caminos conducen a Roma, se decía mientras trepaba supuestamente al azar, ya de noche, a algún colectivo lúgubre, de esos que corren desenfrenados por calles solitarias, transportando tres o cuatro fantasmas que se sacuden sincronizados con las cunetas y los baches.

Durante esos paseos solía acordarse de su amigo el cabezón Brichetto; no lo había vuelto a ver desde la época del desastre.

Pobre cabezón, no quisiera ni verlo –pensaba-. A mí por lo menos me queda para el colectivo, por ahora. A él sí que no le quedó un mango. Se quería matar, aquel día. Si yo no lo paro y me lo llevo a casa y lo tranquilizo, quién sabe...

Mientras paseaba en colectivo le gustaba saborear la derrota, y se pasaba la película con todas las escenas, una y otra vez; en los momentos en que parecía estar mirando con mucho interés hacia alguna vereda, en realidad estaba mirando hacia el interior, su propia película.

"Aquella noche en que empezó la historia el cabezón me sacó de la mesa de billar, me llevó a un costado y me dijo con cara de loco, nos vamos para arriba, Cacho, tengo un negoción, y después me explicó. Y yo no quería entrar al principio, pero el cabezón tiene esa labia que convence a cualquiera."

En ese momento, el Cacho estaba viajando en un coche de la línea cinco, por el centro, en una mañana asoleada, rumiando como siempre la misma historia.

"Estos son competidores de Cargill, Cacho, no es cualquier cosa, me dijo el Cabezón. En tres meses te devuelven el doble de lo que pusiste en dólares, ¿me entendés? Mientras tanto, como garantía -me dijo-, vos figurás como propietario de un lote de pollitos. Mínimo diez mil, porque esto no es para crotos."

Se acordaba con nostalgia de la ilusión del cabezón. De cómo después de que él vendió el taxi y el otro puso sus ahorros, hicieron la inversión y el cabezón empezó a soñar con los pollos comiendo sin parar, noche y día, bajo la luz del sol o de las lámparas.

"Pobre cabezón. Si él mismo, cuando picaba maníes con la cerveza, parecía que estaba picoteando maíz."

El colectivo se detuvo en una parada en Sarmiento y Libertad y el Cacho puso los ojos sobre una señorita de minifalda, pero en realidad miró a través de ella.

"Y pobre cabezón, cuando se me apareció pálido en casa, me invitó a dar una vuelta la manzana y me lo contó. Creparon hermano, me dijo; se apestaron todos. No quedó ni uno de muestra. Somos dueños de veinte mil cadáveres de pollitos. Fallaron las vacunas, qué sé yo. Eso, me dijo el cabezón, con la mirada perdida. Y después se quiso tirar debajo de un colectivo. Menos mal que yo estaba al lado. Lo tuve que llevar a mi casa para tranquilizarlo. Después no lo vi más. De la vergüenza hasta se fue del barrio, el pobre cabezón."

El Cacho miró a un taxi que estaba pasando al colectivo y vio cómo su chófer gesticulaba, charlando animadamente con el pasajero. Se acordó de él mismo, cuando filosofaba sobre fútbol, verborrágico y sin dudas, encontrando infalibles coincidencias con el cliente.

"Y sin embargo no lo envidio. Acá en el colectivo estoy cómodo. Puedo distraerme y pensar en lo que se me da la real gana. Ahora no sabría cómo manejar, con este tráfico cada vez más loco..."

En seguida le llamó la atención una coupé Honda que venía pegada detrás de ese taxi, tocando bocina con prepotencia. La fila del colectivo avanzó más que la del taxi y mirando hacia atrás el Cacho pudo ver al conductor de la coupé. Vio a un tipo de saco y corbata, con anteojos negros y de silueta inconfundible, especialmente de los hombros para arriba.

"¡Pero si ese es el Cabezón…!"

Se quedó mirando a ese hombre que vocalizaba puteadas tras el cristal del parabrisas, mientras que con su rugiente auto hacía primeras cortas y arremetedoras. A pesar de la distancia pudo distinguir que vestía traje de buen paño, y en su muñeca vio destellar el metal dorado de una correa de reloj. Ávido de una confirmación, Cacho se tiró del colectivo esquivando la puerta trasera que ya se cerraba y cruzó la calle sin mirar, haciendo frenar bruscamente a más de uno. Caminó hacia la lenta fila donde esperaba trabado, bocineando nervioso el hombre del Honda, y se plantó junto a su ventanilla.

-¡Cabezón...! –Le salió una voz turbia y pastosa, mientras frotaba con mano nerviosa el cortaplumas dentro del bolsillo-. Parece que levantaste cabeza, ¿eh? Te va con el sobrenombre…

El individuo lo encuadró en sus anteojos negros, se le soltó la cara de dureza que traía, y volvió a mirar para adelante, como se hace con los vendedores ambulantes. Cacho pudo verle la frente, tostada por el sol y abrillantada por el sudor. Lo delataba una pequeña inconfundible cicatriz en la frente, no había duda de que era él. Allí parado, junto a la ventanilla del auto, en medio de la calle y de un concierto de bocinas, Cacho sintió que el cabezón, con su ignorancia olímpica, le estaba casi reclamando alguna reacción, le estaba casi rogando, "¡reventáme, salvá tu dignidad!". El cortaplumas se le retorció entre los dedos como un pedazo de anguila. Trató de anunciarle al cabezón algo terminal pero las palabras se le arremolinaron en el esófago. De pronto las bocinas se callaron y el tren de autos vibró y echó a rodar. El atasco terminó. Cacho quedó parado en medio de una densa nube de humo blanco que lanzó el escape de la coupé como si fuera una máquina de fumigar. Tosiendo de asfixia y lagrimeando, desde el fondo de su corazón de ex-taxista el Cacho sintió que ese auto, por bueno y caro que fuese, estaba quemando aceite.

LORITO

Parecían los chiflidos de algún gracioso, reanimado porque una ráfaga de viento menos cálido insinuaba una tregua en el estrago de esa tarde de febrero. Eugenio, drogado por el ya prolongado sofoque y la rutina de sus asientos contables volvió en sí con el sonido de gotones cayendo como si fuera sobre la propia nuca. Quedó boquiabierta, mirando al cielorraso, como si los simpáticos chiflidos provinieran de allí. Siguieron más espaciadamente. Si Eugenio hubiera tenido orejas de perro, se le hubieran erguido y apuntado como radares para captar el sonido con la mayor precisión. Después vinieron unas voces como de niño. Un niño burlándose de alguien, en distintos volúmenes de un falsete penetrante y fastidioso, pero muy bien logrado. Don Mario, el que limpia la terraza de ese piso con oficinas donde trabaja Eugenio, percibió su inquietud y lo asesoró con una sonrisa en los labios.

-Es el loro.

Eugenio se quedó mirándolo como tratando de adivinar una broma.

-¡El loro! -se impacientó don Mario- ¡Del edificio de al lado! ¿Nunca lo escuchó? Cada do por tre se pone a chillar.

-¿Eso es un loro? ¿Cómo nunca lo escuché antes?-. Ahora don Mario miraba a Eugenio sonriente pero cauteloso, como un poco incrédulo.

-¿Nunca lo escuchó, Eugenio? ¡Si se ve desde la terraza, se ve!

Eugenio, recuperado instantáneamente del agobio estival se puso de pie y se fue a la terraza a despecho de la lluvia por suerte aún leve. Como estaba en silencio, tuvo que esperar un rato para que el loro delate su posición. Lo hizo con un chiflido y así fue como Eugenio lo pudo ver. Era un papagayo que giraba bamboleándose sobre su varilla de apoyo, adentro de una jaula en forma de cúpula, en un balcón del enorme edificio torre de al lado. Eugenio le chifló, pero no hubo respuesta. El pájaro siguió girando sobre su eje, dando apenas unos pasos compadritos y la cabeza agachada, como haciendo caso omiso o tanteando el ambiente. Eugenio fue sorprendido dos días después, a la mañana, con la retahíla de grotescas voces infantiles, y entonces salió atropelladamente a la terraza. Allí lo encontró nuevamente, dando el incansable giro lento sobre su palito. Esta vez siguió hablando, casi como conversando por lo bajo, y Eugenio pudo convencerse de que en efecto, era el papagayo el que hablaba.

-¡Jefe! ¡Hola! ¡Jefe! ¡Aaahá!

Eugenio pudo distinguir algunas palabras y le impresionó el timbre humano. Trató de hacer memoria y le pareció que en realidad nunca había escuchado un loro en su vida, descartando -desde ya- los burdos doblajes humanos de las películas. Después se preguntó cuál era el criterio del loro para seleccionar los sonidos que decide copiar, como un grabador magnetofónico. Aparentemente se comporta como un grabador selectivo que copia algunas cosas, no todas. De ser así la automaticidad del loro no es tan absoluta, sino que hay cierta toma de decisiones que podría asociarse a una forma elemental -o compleja- de subjetividad. ¿Cuáles son las motivaciones que lo llevan a registrar esto y no aquello, si es que existen? ¿O se trata simplemente de un mecanismo de origen lúdico que responde a agentes ambientales, como la presión o la temperatura? ¿Es que alguien se tomó ya el trabajo de estudiar todo esto?

A la tercera vez que Eugenio escuchó los chiflidos de guaso y las palabras de niño estrangulado, decidió comprarse un loro.

En la veterinaria le ofrecieron un psitacus erithacus o loro gris, originario de Africa y de gran facilidad oral, pero como era muy costoso optó por un papagayo común adulto, el "Amazona aestiva", similar al fin y al cabo al que Eugenio veía desde la terraza. Le preguntó al veterinario si ese ejemplar ya sabía hablar.

-Me lo han traído hace poco, y con los traslados y cambios de ambiente se cohiben. Hay que darles un tiempo. Repítale las palabras o sonidos que quiere que él aprenda, varias veces, ¡y listo!

Después del traumático traslado la gran jaula enfundada terminó en el centro de cuatro paredes blancas, con Eugenio jadeando por haber tenido que subir cuatro pisos con la jaula ya que un corte de corriente lo dejó sin ascensor. Una vez repuesto retiró la funda destapando la silenciosa jaula. Allí estaba el pájaro, como embalsamado. Sólo un pequeño movimiento de cabeza para mirar al dueño, con un solo ojo centrado en su perfil. Eugenio sintió placer de tenerlo allí, a centímetros, como si hubiese adquirido una joya preciosa, o un sofisticado artículo de electrónica, de esos que tanto admiraba. Sintió deseo de llamarlo con un nombre pero como no era muy imaginativo, supeditó esa elección a un paciente y posterior estudio, y la postergó.

-¿Lorito...? -le dijo simplemente y con voz amical.

El loro cambió de ojo para mirarlo pero no emitió sonido. Pese a la advertencia del veterinario acerca de que el animal necesita un tiempo de adaptación, Eugenio sintió de pronto la puntada de la estafa en el corazón.

-¡Lorito, lorito! -volvió a la carga, lleno de ansiedad. El lorito, nada.

Eugenio fue a su trabajo medio deprimido. En medio de sus libros contables fue sorprendido una vez más por el loro de la terraza, que como si se diera cuenta de su capacidad para mortificar a Eugenio, la emprendió con una chiflatina feroz y después hizo alarde de palabras nuevas, clarísimas,como: ¿Qué tal?, ¡Chola!, ¡Papá!, etcétera. Esa tarde Eugenio salió de la oficina agobiado, ultrajado. El barullo de la calle le parecía una multitud que lo abucheaba. El silencio, cuando se metió en el tranquilo hall de su edificio, la multitud que le daba la espalda.

Encontró al loro un poco menos rígido. Le pareció notar como un amague de bamboleo sobre su travesaño. Miró las bandejitas de comida. Los pedazos de verdura cruda estaban todavía allí, medio secos y decolorados. Tal vez el nivel de alpiste había bajado un poco.

Eugenio estaba tomándose un caldo cuando el loro lanzó un graznido de ave cualunque, no una imitación. Se sobresaltó, pero pensó que por algo se empieza. Después se acercó a Lorito y le acercó al pico con una cuchara, una papilla que acababa de prepararle.

-Papa, papita. ¡Prrr, lorito! -el loro lo miró de arriba a abajo y le dio la espalda. Eugenio no se desmoralizó mucho por ese hecho.

En los días sucesivos siguió hablándole al loro, sin respuesta, y se fue acostumbrando a esa situación. Tal vez simplemente se encariñó con él así, tal como era, y pensó que se trataba de una estafa más en la mar de corrupción generalizada. Por otra parte Lorito iba cobrando apetito, paulatinamente, afirmándose la relación de nutrición entre amo y mascota.

Un domingo Eugenio estaba tomando mate y leyendo el diario, a media mañana -uno de sus placeres favoritos-, cuando a sus espaldas escuchó su propia voz como saliendo de un tubo telefónico decir "¡Prr, lorito, la papa!".

Eugenio quedó maravillado. No se podía explicar cómo un pájaro con un pico rígido como si fuera de madera tallada y esmaltada, es decir, sin una boca elástica como la de las personas, careciendo al parecer de ese complicado y gelatinoso sistema de cuerdas vocales así como del apoyo de la sensibilidad auditiva que perfecciona la imitación por aproximaciones sucesivas, cómo, en definitiva, podía reproducir su propia voz con un timbre hasta el punto en que él mismo podía reconocerse. Se acercó a mirarlo, con la esperanza de que continúe con otra frase y poder apreciar de cerca como articulaba el pico y todo el cuerpo al hablar, para ver la magia en primera fila. El pájaro se balanceó compadronamente un par de veces cómo dándose corte por su reciente hazaña, dio media vuelta y se llamó a sosiego. Eugenio había adquirido ya la paciencia de los orientales, de los musulmanes, en fin, la paciencia eterna. Liberado de la ansiedad el pájaro empezó a hablar, y así siguió de allí en más. Cada vez que decía algo, era un precioso regalo para Eugenio, que llegaba cansado de la oficina. Ni un aumento de sueldo hubiera sido tan gratificante. A su vez Eugenio hablaba y hablaba solo, más que de costumbre, para estimular al pájaro, que lo miraba como al pasar, un ojo por vez. A veces se contorsionaba y extraía del platillo una cáscara de manzana o una ralladura de zanahoria que ascendía y se perdía de a poco en su pico.

Lorito fue incorporando palabras o frases de Eugenio en sus diálogos consigo mismo; "Esto no va", "Dios" "Upapachuca", "Añañaná" y otras voces lúdicas que había inventado Eugenio para llenar su soledad. Salía poco los fines de semana. Con la llegada del loro y su regocijo al escucharlo, ya no salía nada; escuchar las repeticiones diferidas a veces en varias horas era una fiesta de sábado a domingo. Pero la incógnita original de por qué el animal seleccionaba ciertas frases, si era porque el sonido le resultaba más cómodo, o por algo afectivo que él había puesto en la voz, aún no se develaba. A veces sentía Eugenio como un impulso morboso de desarmar al pájaro como a un reloj y estudiar las piecitas de ese extraño aparato.

Un día Eugenio volvió de la oficina medio asqueado de la vida. No le había ocurrido nada especialmente malo (eso también era malo). Lo asqueó más que nada la calle, la gente que iba y venía, las letras grandes de los afiches, los colectivos tan ruidosos, la nube negra de sus escapes, las vidrieras atiborradas de electrodomésticos. En medio de su fría cena (no cena fría), el loro le gritó el habitual saludo "¡Hooóla!". Eugenio tragó el bocado y le contestó tratando de imitarle el timbre telefónico, como quién hace burla. Después el loro dijo "¡Upapachuca¡" Eugenio lo repitió tal cual. Ahora el loro era él.

Como si quisiera vengarse de su asco existencial con el animalito siguió Eugenio en esa tesitura: a cada voz del loro, la copia fiel de Eugenio. Impensada, automática, porfiada. El loro gritó "Añañaná", Eugenio "Añañaná". El loro "¡Socorro¡" y Eugenio "¡Socorro¡" de igual manera. Tardó un poco en reaccionar, en darse cuenta de que esa palabra no estaba en el repertorio. Eugenio no se la había enseñado. Era la caricatura –esta vez- de un grito aterrorizado de mujer. El loro lo repitió una vez más, "¡Socorro!", por si quedaban dudas.

Al día siguiente Eugenio pasó por donde había comprado el loro y preguntó si el animal había tenido dueño anterior, dato que por culpa de su ansiedad no había recabado en el momento oportuno. No había admitido, en realidad, la posibilidad de los loros de segunda mano. Perdieron bastante tiempo en revisar papeles, infructuosamente. Se dieron cuenta de que Eugenio no iba a desatar una investigación judicial y terminaron sacándoselo de encima fácil.

Una noche, cuando Eugenio dormía, lo despertó violentamente el grito horrorizado de una mujer. Podía ser el de una parturienta, o de quién ve algo monstruoso, o está siendo acuchillada. Cesó incluso abruptamente, como si su garganta hubiera sido cortada. Fue tan penetrante que Eugenio despertó muy sobresaltado. Suspendido en la ráfaga de silencio que sobrevino, rebobinó mentalmente y reconoció la fonografía del loro. Lo acometió una taquicardia que le duró hasta el amanecer.

Fue a trabajar mal dormido y cometió muchos errores. Imaginaba mil situaciones posibles en las que el loro pudo haber registrado esas voces de espanto. Imaginaba la cara de quien las emitía, la de una mujer algo gorda, la piel perlada con la cerosidad del terror, los ojos de carnero degollado. El ejecutante era una sombra anónima, o un marido inofensivo hasta que enloqueció. Sus cavilaciones le hicieron perder el apetito. Perdió el sueño, porque los gritos de terror se siguieron repitiendo en las noches siguientes. Una fiebre lo fue tomando progresivamente y pensó que se había engripado. Decidió faltar al trabajo.

Otra noche, en que el loro lanzó otro de sus gritos, Eugenio se levantó, empapado en sudor, y fue hasta él. En la oscuridad de la sala le pareció que el pájaro refulgía, como fluorescente. Se sentó frente a él y le gritó "¡Maldita!". El loro no reaccionó. "¡Hija de puta!". Nada. "¡Puta!" "¡Puta de mierda!" Entonces el loro contestó con una carcajada femenina de despecho. "¡Fracasado!"

-Te voy a matar -siguió Eugenio.

-Animáte.

-Qué sos. Qué has hecho de mi vida...

Nuevamente el grito de espanto.

Eugenio se desplomó entre la mesa y la jaula del loro. Respiraba muy agitadamente y estaba empapado. Pero tenía una sonrisa en los labios. El loro se volvió hacia el caído y ahora con voz cavernosa le dijo, "Comedia finita est".

Al voltear la puerta encontraron un loro muerto y un hombre en coma. Lo trasladaron de urgencia al hospital.

Después de los análisis, los médicos dictaminaron psitacosis. Los desechos del loro fueron incinerados con jaula y todo. Cuando Eugenio se recuperó, la historia de los papagayos ya había desaparecido de su mente.

INFORME SOBRE PASO ANCHO

Hace algunos años mi primo Iván me avisó que con cierta urgencia debíamos presentarnos en San Francisco del Monte de Oro, San Luis, por un problema surgido con uno de los lotes heredados de nuestro abuelo Gérard. Yves, su padre, mi tío, vivía en Villa Dolores, Córdoba, a cien kilómetros de San Francisco. Había comenzado las gestiones de ese tema pero debido a su problema de presión arterial no era conveniente que las continuase solo. Podría haber discusiones fuertes.

Iván y yo, vivíamos en Buenos Aires. San Francisco es un pueblo pequeño con una importante referencia histórica: allí se encuentra la escuelita de Sarmiento, donde el prócer, en funciones de maestro, enseñaba a leer y escribir a los chicos del lugar. Es un rancho de paja y adobe, protegido para que no se deshaga, por una construcción mayor y resistente. Se da así la peculiaridad de una casa adentro de otra. Ese conjunto es, obviamente, la justificación del pueblo. El contador suizo don Gérard Bonvin, mi abuelo, se detuvo allí hace casi sesenta años porque Alicia, su segunda mujer, se descompuso. Los viajes turísticos eran desapacibles, por ese entonces: alguna comida pesada acompañada de mucho calor, una ruta polvorienta y ajetreada, habrán bastado para que la bella Alicia haya depuesto su intrigante mirada gris bajo una letanía de quejidos, haciendo que su marido, siempre en procura de la propia paz, se internase en el primer poblado-oasis que se le cruzó. Tal vez mediante el fresco murmullo de las acequias o la magia de una siesta, San Francisco despertó en el contador suizo un amor a primera vista, que lo impulsó casi de inmediato a comprar una casa ya vieja en ese entonces. La bautizó Villa Alicia en honor a la mujer que lo sacó de la viudez, y en viajes sucesivos -que siempre la enfermaron- empleó esa casa como cabecera de puente para la búsqueda y adquisición de lotes que le parecían aptos para la labranza. En Buenos Aires espació progresivamente sus asesoramientos contables y pasó en San Francisco temporadas cada vez más largas hasta que ya jubilado, se quedó definitivamente. En sus terrenos se dedicó a algunas tareas agrarias a la manera de un hobby o de un deporte, más que nada porque el cultivo de alfalfa o la cría de vacas o cabras con el telón de fondo de las sierras de San Luis, le recordaban su tierna infancia en los Alpes. Alternó esa actividad con el retrato al óleo de esos paisajes y la amistad con varios personajes del pueblo, ignorantes unos, otros medianamente cultos, humildes en general, pero con quienes mantuvo seguramente largas charlas filosóficas. Su elevada estatura y su calidad oratoria contribuyeron a darle en el pueblo un rango casi mitológico.

En uno de los campos que adquirió, Gérard Bonvin (don Gerardo para los del pueblo) fue mediero con Romualdo Sosa, un campesino muy pobre. Es decir que tuvieron a medias animales y productos de la explotación. Romualdo estaba casado con doña Vicenta y fueron muy prolíferos; más de un hijo o hija de ambos prestó servicios en "Villa Alicia". El abuelo solía describir a esos pobres que estaban a su servicio, con la misma admiración que ponía en los arroyos, árboles, montañas y vacas.

Doña Alicia, tal vez por causa de una compleja emotividad que la arrastró al alcoholismo, contrajo en los últimos años una arteriosclerosis aguda que desveló y agotó al viejo Gérard. Ella, finalmente, fue llevada a Buenos Aires en una ambulancia, poco menos que maniatada y enjaulada debido a sus accesos de agresividad, y allí murió. El retornó a San Francisco y pocos años después su nieta –prima mía y hermana de Iván- que solía visitarlo desde Córdoba, lo encontró débil de inanición y medio paralizado por el frío. Tuvo que ser trasladado al hospital de Villa Dolores. Allí, entre recuerdos confusos, vaivenes de hijos y nietos que nos movilizábamos desde lejos para visitarlo, destrucción de tejidos y derrames internos, finalmente murió también. Fue enterrado en el cementerio protestante de Los Nonos.

Al poco tiempo su hijo Yves viajó a San Francisco para hacer el cuadro de situación. Allí se encontró con don Romualdo Sosa, el mediero, y uno de sus hijos, el Hilario, último encargado de "Doña Alicia", que la emprendió con reclamos sobre el uso de las propiedades. Yves, atajándose, le comunicó la decisión que don Gérard dejara por escrito, en el sentido de legar a don Romualdo la parcela de terreno sobre la que se levanta la vivienda de los Sosa. Eso no conmovió mucho al joven Hilario y entonces Yves, para calmarle el ánimo, le concedió el uso de los terrenos restantes hasta que le llegase una orden en contrario.

Así pasaron diecisiete años, durante los que Hilario hizo usufructo de las propiedades mientras "Villa Alicia", teóricamente bajo su cuidado, fue saqueada y desmantelada de puertas, caños, chapas de techo, etcétera. Entonces apareció un interesado en uno de los campos, el denominado "Paso ancho". Lo quería para unirlo al suyo, ya que eran linderos, y así explotarlos en conjunto, pero más que nada quería sacarse de encima al Hilario, que parecía ser un vecino no deseable. El tío Yves envió entonces un telegrama a don Romualdo invitándolo lacónicamente a "Retirar animales de Paso Ancho" y acto seguido viajó a San Francisco. Allí se encontró con don Romualdo y le comentó lo del telegrama: Romualdo acusó recibo e informó a su vez, que ya había sido respondido con otro. Yves vio venir entonces un problema y le pidió lo acompañe ante el juez de paz para certificar por escrito su intención de devolver el campo de Paso Ancho. Quedaron en encontrarse en lo del juez, una hora más tarde. Romualdo no asistió. Yves retornó a Villa Dolores. Encontró allí un telegrama de respuesta: "Rechazo por improcedente". Olía a abogado. La guerra podía comenzar: lo olfatearon Yves e Iván, padre e hijo, que siguiendo con creces la tradición del abuelo, han tenido y explotado campos. Por ser un heredero y no obstante mi inexperiencia en esos temas, Iván me invitó telefónicamente a que lo acompañe en su viaje desde Buenos Aires a Córdoba primero y luego a San Francisco.

Llegamos a Villa Dolores un frío domingo, en el día del Padre por la noche. Nos instalamos en casa de Yves. Mientras su esposa (mi tía) Pepa cocinaba en abundancia, los tres hombres preparamos la estrategia, como generales, como conspiradores. Yves e Iván, padre e hijo, gigantes como el abuelo Gérard. Las voces viriles, el pensamiento práctico por haber explotado campos sembrando, mandando peones, marcando a fuego, castrando, esperando lluvias, cosechando. Ahora generales retirados a holgadas residencias. Este nieto, en cambio, difuso, quedado, dubitativo. En la soleada mañana de invierno partimos para Quines, un pueblo a mitad de camino entre Villa Dolores y San Francisco, en busca de una escribana conocida por mis parientes. La parsimónica señora nos aconsejó con su fuerte tonada puntana que antes que nada regularicemos la situación en cuanto a la propiedad cedida por don Gerardo y sobre la cual tienen los Sosa su vivienda desde tiempo inmemorable. Esa finca fue bautizada por mi abuelo como "Prés Grebis" (Prados Grávidos) en memoria de la homónima de Suiza, donde se crió. Cabe aclarar que esta escrituración estaba paralizada porque se estableció que los gastos debían correr por cuenta de los Sosa. La escribana nos informó sin embargo que en el caso de una donación ese costo es mínimo (que no despreciable). Acto seguido a la escrituración se procedería a la confección de un acta en la que los Sosa se comprometerían a desalojar "Paso ancho" en el término de treinta días y sin reclamo de ningún tipo.

En San Francisco empezamos por visitar "Villa Alicia", como encomendándonos a las almas de nuestros antepasados. Estaba sólo la fachada. El resto era un montículo de adobe rodeado de una espesura pertinaz. Atravesé un vano en el que antes hubo ventana y caminé un poco sobre los escombros, con la esperanza boba de descubrir algún objeto personal de mi abuelo. Dejamos el lugar de la manera en que se deja un cementerio, como masticando reproches y nos internamos con el auto por un camino de tierra sinuoso y arruinado rumbo a "Prés Grebis". Pasamos primero frente al abandonado Hotel de Turismo y después junto a las ruinas del Hospital. Nos adentramos en el raro territorio de palmeras morrudas, agrupadas en islotes; dicen algunos que pertenecen a un cinturón que da la vuelta al mundo e incluye a nuestro mentado palmar de Entre Ríos. Nuestro automóvil aminoró frente a un rejuntado de desperdicios. Una mujer obesa y retacona ya nos había divisado, doña Vicenta. Sonriente, arrancó con paso dificultoso desde un corral junto a la casa, llevando una silla por el respaldo, a la manera de un andador. Bajamos del auto, traspusimos una tranquera desvencijada y avanzamos hacia la señora, levantando polvo al caminar. Nos encontramos con ella en un patio de tierra, junto a la precaria casa. Apareció don Romualdo, con más sillas. Primero los saludos de cortesía, y en seguida estuvimos los cinco sentados en círculo, frente a frente. Ella, de cara hinchada piel de terracota, pelo desteñido, mirada bonachona pero desconfiada, respirando asmática. El, típico hombre de campo, magro, piel ennegrecida por las heladas, espalda derecha, energía en la voz tal vez impostada, como para defenderse. Nos miramos con detenimiento, todos. Se invocó al abuelo con nostalgia. El pasaba allí largas tardes. Su imagen fue meneada como un estandarte. Busqué el origen de un olor fuerte que me estaba envolviendo, y en una jaula colgada de un árbol descubrí pedazos de carne puesta a secar, rodeada de moscas. Al recuerdo del abuelo siguió el de Villa Alicia, como en lógica derivación. Todos lamentaron el abandono y la consiguiente destrucción de la casa. "Ya no queda más cine...", le escuché acotar a don Romualdo, y miré a Iván con desconcierto. Absurdamente pensé en la influencia avasalladora del video. Iván dedujo rápido que hablaban de las desaparecidas chapas de zinc de los techos de Villa Alicia. Siguieron las conversaciones triviales. Vicenta mencionó que tenía una "criada" abajo, en el pueblo, haciendo trabajos. Habló con voz arrulladora y eso me estaba produciendo somnolencia. La falta de algunos dientes y la gordura de sus cachetes y de su lengua, le hacían pronunciar las palabras como una bebota mimosa haciendo un cantito serrano, alcohólico e infantil. Miré su pullover apolillado y bajé hasta el regazo de la anciana: las piernas le asomaban como enormes embutidos por debajo de la pollera sucia, y remataban en sendos soquetes con pantuflas deshilachadas. Mi primo Iván preguntó si continuaban sembrando alfalfa, a lo que Vicenta contestó; "Y sí, ya no se paga la pata de cata." Con Iván desciframos que las autoridades habían dejado de comprar las patas de cotorra a los particulares, como hacían antes para incentivarlos a la cacería y así combatir la plaga. Se continuó con el tema plagas. Se mencionaron los pumas y los estragos que cometen entre las ovejas y las cabras, que con frecuencia las matan y no las comen, "...de puro dañino que son loh lione..."; que las matanzas suelen ser para entrenar a los cachorros: "...de una cachetada no mah, las saben dejar muertah a lah ovejah. Al cachitiarlah, leh clavan la cazadora." Iván, que sabe de esas cosas, explicó que la cazadora es una gran uña que emerge en los felinos a la altura de lo que sería la muñeca en un ser humano. Romualdo, por su parte, contó cómo algunos leones toman de atrás a sus víctimas y les quiebran el pescuezo, haciendo palanca como en una llave de arte marcial. El fuego también es una plaga en esas sequedades y también tuvo su mención. Se nos hizo notar que la merma de palmeras que había a nuestro alrededor, era obra del último incendio. Durante el mismo, el viento arrojó una lluvia de brazas y ramas encendidas, que fue espectáculo de pirotecnia sobre ese mismo patio de tierra en que nos encontrábamos.

Yves interrumpió los relatos abruptamente, en su tajante estilo, preguntándole a Romualdo porqué lo dejó plantado la otra tarde en lo del juez de paz. Romualdo aseguró haber ido, aunque más tarde, y que se quedó esperando hasta entrada la noche, en que casi se congeló. Iván –buen hijo de tigre- atacó entonces, preguntando a Romualdo si estaba dispuesto a firmar un compromiso de devolución de la propiedad de Paso Ancho, puesto que -recalcó- no se hacía más que cumplir con la voluntad del finado don Gérard (Dios lo tenga en su santa gloria). Romualdo hizo una sonrisita y pasó la pelota a su patrona:

-A ver ché voh, vieja...

Doña Vicenta armó una dulce y amplia sonrisa, como aceptando con modestia la distinción del mando. Con estrategia diplomática y en su lenguaje planteó que a Romualdo le faltaban quince años de aportes jubilatorios y que eso trababa las gestiones de su jubilación, por lo que a la familia le venía mal ceder esa propiedad. Todos especulamos con que el monto de esos aportes superaba el precio del campo ocupado, por lo que eso no era negocio. Se le dijo que no era una promesa formal, pero que se haría todo lo posible por contribuir a esa jubilación, a través de nuestras modestas influencias. Pero que por el momento y a cambio del compromiso de retirarse de Paso Ancho, se les ofrecía la escrituración gratuita e inmediata de la propiedad sobre la que nos encontrábamos y en la que ellos habían vivido casi toda su vida. Así se cumpliría además, con otra voluntad de don Gérard. Todo era tan simple como subir al auto, y partir hacia la escribanía de Quines.

Vicenta revoleó los ojos. La oferta había hecho impacto pero no era cuestión de entregarse así no más. "Pero eh que en Paso Ancho está el Hilario, con suh animaleh, y ahí tiene puesta tanta plata..." -nos hizo notar con dulzura. Apareció en ese momento la "criadita", una morochita petiza y feucha, entre nena y adolescente. Venía de cumplir con algún trabajo en el pueblo y se mandó tímida para adentro. Los mismos argumentos fueron repetidos por ambas partes una y otra vez, hasta que como por peso propio de la repetición, sin transición lógica, los Sosa se dejaron convencer de la conveniencia de escriturar "ya". Pero surgió un pequeño obstáculo: la casa no podía quedar sola. Por nuestras caras civilizadas pasó de seguro el interrogante de para qué dejar guardia en esa pocilga, pero lo tapamos con el gesto comprensivo del peligro de las plagas; los leones, claro, el fuego, claro, los ladrones. Iván apuntó que la criadita bien podía quedarse, a lo que doña Vicenta rebatió rápido que "¡cómo la vamoh a dejar sola con ese, que la puede atacar! Eh anormal…" Recién entonces tomé consciencia de la presencia difusa de un ser que deambulaba dentro y fuera de la casa, con paso arrastrado y sigiloso. Lo vi de refilón, adentro, entre las sombras; un hombre de edad indefinida, pelo al ras, más harapiento que los demás. Me pareció que nos escuchaba.

Según los Sosa el único que podía quedarse a cuidar la casa era justamente el conflictivo Hilario, pero se encontraba en el pueblo, haciendo algún trabajo. El trámite se estaba complicando. Iván tuvo la idea salvadora (siempre es hombre de ideas). Iría buscar al Hilario con el auto, y con don Romualdo haciendo de guía.

El Peugeot negro partió levantando una polvareda y quedamos Vicenta, la criadita, Yves y yo, mirando desde el patio de tierra. "¡Y ahora yo me voy a tener que ir a sacar esta mugre!", dijo doña Vicenta indicando su ropa y caminó con entusiasmo hasta la casa. Yves y yo nos quedamos caminando en círculos cada vez más grandes, sobre ese patio de tierra. Le saqué una foto al cartel "Les prés grébis" que había sido confeccionado letra por letra, por lo que le faltaban varias o alguna colgaba patas para arriba, dando lugar a un nombre sin sentido para quién no estuviese al corriente. Apareció Vicenta vestida de ocasión, con un vestido de tela estampada floreada de sorprendente discreción y en buen estado, peinada y tal vez algo maquillada: lo que se diría buena moza. Largo rato pasamos con ella ordenando todos sus recibos de pago de impuestos territoriales, que habría que llevar a la escribanía. El "anormal" iba y venía cargando fardos, mirándonos a veces como con cierta sorna. Una perra ovejera grande y sarnosa caminaba y se echaba en un lugar y en otro, aburrida e indecisa. Fue una espera interminable. Cuando yo medía lo poco que le faltaba al sol para tocar el horizonte y se empezaba a sentir frío, apareció levantando polvo el auto de mi primo. Mi optimismo se congeló cuando descendieron del Peugeot negro discutiendo en un tono acalorado. Hilario era un hombre de mediana edad, mediana estatura, tez blanca, pelo castaño, más bien cuadrado de cabeza y cuerpo, vestido con pantalón y campera de jean: un hombre más bien de ciudad.

-Yo, de Paso Ancho no me voy. -dijo mientras bajaba del auto y avanzó hacia el patio con paso dificultoso. Se enfrentó con su madre presta a salir con su atuendo dominguero.

-¡Ché, qués lo qui anda pasando!

-¡Eh este disgraciau de mierda, que siempre anda jodiendo! -explicó don Romualdo desde un costado de la tranquera donde se había quedado, fuera de sí, dando énfasis a sus palabras con violentos reveses tirados al aire.

-Ustedes hagan lo que quieran. Pero a mí en la puta vida me vengan a pedir consejo -la voz del Hilario sonó clara, firme, decidida, y con dicción ciudadana. La madre lo miró con angustia.

-¡Pero m'hijo, nos pagan la escritura!

-¿Y qué mierda vale esa escritura? ¿Querés una escritura? Yo mañana mismo te la hago.

-¿Con qué le vas a hacer la escritura, si vos no sos el propietario? -se metió Iván, con cierto sarcasmo.

-Está bien. Vayan y firmen. Comprométanse a desalojar Paso Ancho. A mí que me parta un rayo.

-¡Vamos, vieja! -don Hilario llamó a su mujer desde su posición junto a la tranquera, con un grito ahogado por la impaciencia.

Doña Vicenta plantó la silla junto a la mesa y se sentó. El Hilario se acercó y se sentó también, frente a ella.

-Vení viejo, vamoh hablar un poco -llamó a su marido.

-¡No hay nada que hablar, vieja! ¡Vamos, mierda!

El sol se estaba poniendo. Hasta la escribanía había cerca de una hora de viaje. Sólo por esos pagos se podía pensar en ir a hacer una escritura a esas horas. En la extraña coreografía habíamos quedado los tres Bonvin y don Romualdo en las proximidades del auto, mientras Vicenta deliberaba largamente y en voz baja con su respetado hijo. Romualdo gruñía maldiciones, por lo bajo.

-¡Vamos, vieja, que se hace tarde, carajo!

-¡Vení, viejo! -imploró Vicenta, y entonces Romualdo abandonó la tranquera y fue al medio del patio a gritar a los suyos, a pechar personalmente a su vieja hasta el negro auto que esperaba inmutable.

-Yo le he dao mi palabra a don Gérard y la vo'a cumplir, ¿saben?

No era suficiente. Doña Vicenta seguía allí, inerte, el desconcierto pintado en su cara redonda de luna llena. Su cuerpo tan voluminoso contribuía a darle carácter de inamovible.

-Está bien. Quédense. No se escritura nada -intervino mi primo, ejecutivo-. Los vamos a sacar de Paso Ancho, y también vamos a poner en venta todo esto.

-¿Ve, vieja? ¡Todo culpa de este jo-odido! -presionó don Romualdo señalando a Hilario.

-Vayan. Vayan a escriturar. Firmen todo lo que les digan.

-Tu padre tiene palabra. Vos tendrías que respetar la palabra de tu padre, ya que vos no la tenés -le arrojó Iván a Hilario, sin mirarlo.

-Claro, yo me tengo que ir. ¿Y las mejoras que yo le hice al campo? ¿Y el alambrado? ¿Y la aguada? ¿Quién se pone con todo eso?

-Todo eso fue para beneficio tuyo, mientras trabajaste

el campo. Igualmente vos sabías que de allí, algún día te las tenías que tomar.

-Pero es claro, mierda. -ayudó don Romualdo, y aprovechando la confusión la fue empujando a Vicenta en dirección al auto. Ella iba mirando a uno y a otro de los contrincantes, boquiabierta, cada vez más indecisa. La procesión, que incluía a Hilario, se fue desplazando muy lentamente hacia el auto. Había dos grandes fuerzas opuestas actuando sobre la mujer, pero la mayor parecía provenir del auto. Como en un vía crucis, en cada paso se vencía una resistencia infinita y parecía el último antes de que doña Vicenta se fuera a derrumbar como una bolsa de papas. Los argumentos de la discusión eran reiterados por una y otra parte:

-¡Vamos, vieja!

-Vámonos, no escrituramos nada.

-Vayan, ¡ja! Vayan a escriturar.

En determinado momento Iván, calculadamente descontrolado enfrentó a Hilario y amenazador, casi rozándole la cara con su pecho, le gritó varias veces conforme le permitió su vozarrón, "¡Porque vos no tenés palabra!" Contra la reacción de trompadas que todos esperábamos, Hilario se limitó a acusar a nuestra familia de incumplimiento con la legislación laboral, incluido nuestro abuelo, ante lo cual Iván reforzó su indignación y, al límite de su garganta le recordó: "¡Tu papá y mi abuelo eran medieros! ¿Oíste? ¡Me-die-ros!". Vicenta lo miraba con terror, mientras don Romualdo, a fuerza de empujar, ya la tenía a pasos del auto. Finalmente, con el sol ya oculto y el aire frío de la noche puntana, Hilario hizo su último esfuerzo.

-Vayan a escriturar, pero hagan de cuenta que yo me he muerto: no existo más para ustedes. Los vienen a embaucar con cualquier mierda. Firmen lo que ellos quieran.

Me pareció que a Vicenta se le aflojaron las piernas y se le humedecieron los ojos. Ya estaba junto a la puerta del auto, pero paralizada. Durante la discusión yo no había abierto la boca. En este punto, habiendo quedado de manera casual frente a frente con el Hilario me surgió decirle:

-¿No te das cuenta de que estás haciendo sufrir a tus padres?

-¿Quién, yo?

-Sí, vos. -Era un recurso tal vez inesperado, tal vez fuera de lugar, que lo desconcentró un poco. Eso fue aprovechado para que Romualdo metiese de un caderazo a Vicenta en el auto. Todos nos metimos rápido dando portazos, como ladrones que acaban de asaltar un banco. La última puñalada artera de Hilario cayó como un rayo en el interior del auto, antes de que se cerrase la última puerta:

-Vayan no más... ¡Que los vean como pasean sentando el culo en automóvil de lujo! -la voz era ahora de una sorna penetrante, diabólica.

Cuando mi primo había enganchado la primera marcha y aceleraba como si nos corriera el demonio, un ruido nos sobresaltó: eran golpes sobre el cristal de una ventanilla trasera, que la "criadita" daba con desesperación. Iván detuvo el auto y ella, entre temblores y sollozos dijo que quería ir con "mama Vicenta". Se dudó un poco, pero Iván mismo accedió a dejarla venir. Viajó todo el tiempo abrazada a la anciana. Todos en absoluto silencio.

Llegamos a lo de la escribana cuando estaba por cenar, pero con amabilidad nos tranquilizó diciendo que aún estábamos a tiempo. Ya en su despacho nos destacó el hecho de que en la Capital no existe esta elasticidad de horarios. En un clima de distensión se saludó afectuosamente con doña Vicenta, a quién había conocido en una recorrida durante su campaña política. Comenzó luego con el protocolo. Pidió a los Sosa sus documentos personales y demás papeles; todo fue presentado en orden, salvando algún extravío momentáneo. Un cambio de expresión se fue dibujando principalmente en la zarandeada Vicenta: una sonrisa de suficiencia bonachona, algo así como un tímido orgullo frente a la inminente condición de propietaria. Romualdo, sin embargo, erguido en su asiento, como no regalando su dignidad por tan poca cosa. La señora escribana pidió que nos retirásemos todos por unos cuarenta minutos, para que ella pudiese redactar tranquila tanto la escritura como el acta de compromiso.

Caminamos lentamente, siguiendo el ritmo de los Sosa, que se encontraban embotados por las tensiones vividas, la burocracia y las altas horas, y llegamos hasta el bar de la terminal de ómnibus. Elegimos una mesa en medio del enorme y desolado salón, cerca de un televisor puesto en muy alto volumen y que pedí apagasen. Pedimos Coca-Cola, una medida de ginebra para cada hombre, y sánguches de miga. Cuando el mozo descargó la bandeja, a Vicenta le brillaron los ojos. Dijo que le gustaban muchísimo esos sánguches, comida de casamiento. Como eran descomunales y los civilizados siempre estamos a dieta, la mayor parte fue a parar a doña Vicenta. La criadita ahora muy sonriente acompañó en la degustación con no menos entusiasmo. Iván y yo, en un alarde muy ciudadano, mezclamos la ginebra con Coca-cola. Entonces empezaron declamatorios elogios a la lealtad, que en este caso tuvo don Romualdo para con la memoria de nuestro abuelo, y los brindis. Saqué mi cámara fotográfica "pocket" e hice sentar a todos de un lado de la mesa, juntos, como en esas imágenes del siglo pasado en las que aparecían pioneros o conquistadores del desierto junto a algún cacique y otros indios harapientos, celebrando algún acuerdo, pipa de la paz mediante. Los Sosa y su criadita aparecerían mostrando sus dientes amarillentos y carcomidos. Risotadas de solidaridad colmaron el inmenso bar de la terminal de Quines. El abuelo Gérard nos vería desde su tumba calvinista, orgulloso de la capacidad de gestión de sus descendientes.

En Buenos Aires, a nuestro regreso, nos sentamos con Iván a revisar los gastos del viaje a fines de repartirlos equitativamente. Y al hacerle yo una observación que me parecía justa pero que no convenía a sus intereses, en seguida me mostró los dientes como hiciera en San Luis con el Hilario. Por supuesto nada repliqué, accedí generosamente a su pretensión para conservar el tono amistoso entre primos.

Por unos años no lo vi, hasta que me mudé cerca de su casa y entonces comenzó él con un singular acoso para convencerme de que su hermana era una malísima persona que buscaba desacreditarlo ante el mundo, cuando ella – según él- había sido la asesina moral de sus padres. Solíamos encontrarnos en un café del barrio y me repetía todo eso incansablemente. Por otra parte mi prima me decía –las pocas veces que nos veíamos- que Iván se quedó con toda la herencia de las propiedades rurales.

Hasta que un día Iván cambió de tema y volvió al pasado, a aquella sorda lucha de un atardecer puntano. Me ofreció armar con él otra cruzada contra el Hilario para recuperar Paso Ancho y otras propiedades que habían quedado en una especie de limbo. Para ello tendríamos que dividir gastos, lógicamente. Le respondí que tenía que pensarlo. A partir de allí arreció la persecución de mi persona, exigiendo una pronta respuesta, dado que según él ya tenía la campaña preparada.

Entonces le dije que renunciaba, que no me interesaba. Al día siguiente volvió a la carga diciendo que yo tenía que refrendar mi decisión ante escribano público. Me encontraba yo en medio de una gripe, y se lo hice saber. Me dijo que me buscaba con un remis para ir juntos a la escribanía. Me sentí Hilario atrapado en una red, inmovilizado. Accedí y terminé en la escribanía firmando una sesión de derechos a nombre de Hermann, uno de sus hijos. Ya repuesto de mi gripe no podía creer lo que yo había aceptado hacer, sin necesidad, y tolerando un hecho de una desconfianza rayana en la insolencia. Cuando muy de vez en cuando me lo cruzo por la calle, miro para otro lado. Creo que él hace lo mismo. Nunca supe cómo terminó la II Cruzada de San Francisco.

Dada la creciente eficacia de Iván en obtener ventajas de distinta índole, ahora tengo miedo de que me inicie una acción legal por difundir asuntos de su privacidad. Estoy pensando en retirar este relato de todas las librerías, no sea cosa que ahora le dé por la literatura, de alguna manera encuentre este relato, y me inicie una demanda aniquiladora.

INDICE